Hermann Stehr

Die Krähen

e-artnow 2018

Lena Christ
Bauern - Bayerische Geschichten

Hermann Stehr
Zwei Seiten der Liebe: Peter Brindeisener & Der Heiligenhof

Stanislaw Przybyszewski
Erdensöhne

Hermann Stehr
Das Geschlecht der Mächler – Romantrilogie: Die Geschichte einer deutschen Familie

Stefan Zweig
Verwirrung der Gefühle und andere Novellen

Hermann Stehr

Die Krähen

e-artnow, 2018
Kontakt info@e-artnow.org

ISBN 978-80-268-8628-0

Inhaltsverzeichnis

»Du, Manja, komm mal her,« sagte Professor Weitfeld zu seiner Frau, die vom Balkon aus erregt mit einer Dame sprach und ihn deswegen nicht hören konnte. Aber auch wenn sie ganz still dort gestanden hätte, wäre es ihr unmöglich gewesen, die mit Anstrengung gedämpfte Stimme ihres Mannes über das große Studierzimmer hin zu verstehen. Deswegen ging die Unterhaltung der beiden Frauen lebhaft weiter.

»Ja, denken Sie nur, Frau Professor,« hörte er die starke, nicht unangenehme Kommandostimme der auf dem Wege Stehenden laut heraufschallen, »denken Sie bloß das Glück, innerhalb von drei Tagen dreißig Kilometer vorwärts und das in einer Breite von 150 Kilometer, einhundertfünfzig Kilometer.« »Ein hundert...,« wiederholte seine Frau bewundernd.

»Ja, einhundertfünfzig — macht fünfzehnhundert Quadratkilometer Geländegewinn, siebzigtausend Gefangene, Soissons gewonnen, die Vesle überschritten, die Ardre, der Damenweg im Fluge unser, gefüllte Munitionslager, Wagenparks, Flugzeugplätze. Ist nicht zu sagen, nicht zu fassen! Na und nicht zum wenigstens die geradezu ungeheuerlichen Proviantstapel. Berge von Konserven, Mehl, sogar Schokolade. Wie wär's Frau Professor, mit einer Kiste Schokolade?«

»Ach, ich bitte, verschonen Sie mich, Frau Forstmeister. Ich habe sonst einen schlechten Tag.«

»Glaube ich. Ich auch. Heißt, hätte ich auch. Wenn mein Fritz nicht mit in dem Schlamassel wäre. Denken Sie!«

»Also, Ihr Junge ist mit dabei! Wissen Sie das genau?«

»Natürlich! Er steht ja doch in der Kronprinzenarmee.«

Der Professor, der, am andern Fenster stehend, der Unterhaltung zugehört hatte, wandte sich mit verfinstertem Gesicht ab und schaute wieder durch die Baumkronen hinaus aufs Land.

Das Gespräch hinter ihm ging leidenschaftlich weiter. Endlich hielt er es nicht mehr länger aus und rief laut und ungeduldig:

»Manja, bitte, komm mal her.«

Darauf hörte er seine Frau sagen:

»Verzeihen Sie, Frau Forstmeister! Mein Mann ruft aus dem anderen Zimmer. Also ich komme bestimmt heute nachmittag hinüber zu Ihnen.«

»Aber Wort halten. Verstanden, Verehrte! Grüßen Sie Ihren Herrn Gemahl und sagen Sie ihm, daß mein Mann sicher ist, in acht Wochen mindestens ist alles aus.«

»Gott ja, wenn's wahr wäre!«

»Ja, nicht wahr! Diese ewige Blutarbeit! Nein, man hält es kaum mehr aus! Also auf Wiedersehen heute nachmittag!«

»Auf Wiedersehen!«

Die Balkontür knackte zu und seine Frau kam zu ihm herüber, legte die Hand auf seine Achsel und begann leidenschaftlich von dem »glänzenden, beispiellosen Erfolge der Kronprinzenoffensive« zu reden. Sie schwelgte in Friedens- und Zukunftshoffnungen und redete immer überstürzter von dem Ruhm und Glanz Deutschlands nach dem Kriege, seinem Weltaufstieg, seiner Macht und daß es eine königliche Freude sei, ein Deutscher zu sein. Weitfeld hatte regungslos zugehört und auch jetzt, da seine Frau mit einem bitteren Zittern in der Stimme ans Ende gekommen war, rührte er sich nicht und antwortete nicht mit einem Laut, sondern fuhr nur fort, durch die Kronen der Bäume hinaus aufs Feld zu sehen, hinter dem die schön bewegte, hohe Wogenwand des Riesengebirges blau vorüberzog.

»Na, was meinst du denn eigentlich. Mann?« sprach sie verärgert. »Du bist wie ein Brunnen mit Drehvorrichtung. Ohne Mühe kriegt man nichts herauf.«

»Sieh mal da hinüber,« sagte er leise.

»Wo denn? — In den Linden?«

»Nein, weiter im Felde draußen, hinter dem Streifen Getreide.«

»Dort? die Wiese?«

»Nein, noch etwas weiter hinter dem Acker. Ich meine den kleinen Buckel, mit dem das Feld in den Himmel steht.«

»Na ja, schön. Dort sind drei Düngerhäufchen und auf dem mittelsten sitzt eine Krähe.«

»Eben die meine ich,« sagte Weitfeld mit einem leise ironischen Lächeln. »Siehst du, sie wendet bedächtig und weise den Kopf bald rechts bald links und rafft immer wieder an ihren Flügeln. Die heiße Luft flittert um sie und macht ihr Bild ungewiß und bebend, wie eine Einbildung. Siehst du's?«

»Wie sollte ich nicht? Aber das ist doch eigentlich nicht sehr seltsam, wenn du … aber, bitte, laß mich doch schon ausreden! Nein! Das ist gar nicht seltsam. Ganz und gar nicht.« Das Gesicht der Frau wurde von der Röte des Unwillens überflackert und sie lehnte sich gegen die Wand der Fensternische. Weitfeld betrachtete mit großen, ruhigen Augen diesen Versuch der Auflehnung, ließ eine mißbilligende Pause eintreten und sagte dann mit überlegener Liebenswürdigkeit:

»Ich bitte, Manja, deine Ungeduld heute noch etwas mehr als sonst zu zügeln. Es handelt sich wirklich um eine wichtige Klarstellung in einer wichtigen Sache — auch für uns beide. Wollen wir da nicht ruhig und gründlich verfahren? Du kannst ja dann immer noch anbringen, was du gegen mich zu sagen hast.«

»Wenn du es erlaubst. Nicht wahr? Haha! — Na, aber gut. — Was wolltest du sagen?«

»Liebe! Ich bitte dich. Auf einer glühenden Platte wächst kein Samenkorn, sagt der Araber, und mit einem bitterlich erregten Herzen kann man nicht denken. Willst du mich nicht mit gelassener Aufgeschlossenheit anhören?«

»Ach, sieh doch, nun fliegt die Krähe fort, und die drei Düngerhäufchen sind allein übriggeblieben. Ich denke, da hat die ganze Sache auch keinen Sinn mehr. Wenn du nicht heut die große Auseinandersetzung herbeiführen willst, von der du seit langem sprichst.«

Der Professor ließ die rechte Hand langsam vom Fensterrahmen herniedergleiten, nahm die Hände auf dem Rücken zusammen und schritt gedankenvoll die Stube hin.

»Wie die Krähe, ganz wie die Krähe,« murmelte er leise.

»Was sagst du?« fragte sie hinter seinem Rücken drein.

Der Professor machte in der Mitte der Stube halt und zu ihr zurückkehrend sagte er ruhig: »Ich meinte die Krähe. Siehst du, Manja, als ich sie vorhin entdeckte, vorhin sah, hatte ich die Empfindung, das Tier sitze schon seit Ewigkeit auf dem Düngerhäufchen und drehe langsam und weise den Kopf hin und her und mir war es, ich stehe seit Ewigkeit und sehe dem Tier zu. Ich hatte das Bewußtsein von Zeit und Raum verloren und erschrak vor der kleinlichen Geste des Menschenlebens — — *auch dem hinter mir.*«

Die letzten Worte, durch eine Pause getrennt, sprach Weitfeld mit schwerem Ton.

»So. Damit meinst du das Gespräch zwischen der Frau Forstmeister und mir?« fragte die Frau betroffen.

»Ja,« lautete Weitfelds entschiedene Antwort.

»Aber wir sprachen vom Kriege.«

»Ja, ja. Ich weiß. Eben deswegen.«

»Nein, das kann nicht sein! Mann, so höre doch schon! Es sterben Millionen und Millionen werden zu Krüppeln. Und du sagst, das sei nicht mehr, als ob eine Krähe den Kopf hin- und herwende. Mensch!«

Frau Weitfeld sprang auf ihren Mann zu, packte ihn mit beiden Händen und schüttelte ihn. Ihr voller Busen wogte und ihre Stimme zitterte. »Das ist ja Wahnsinn! Das ist ja Wahnsinn!«, wiederholte sie, bis ihr Tränen in die Augen traten. Dann ließ sie ihn los, setzte sich auf einen Stuhl ans Fenster und weinte lautlos in ihre Hände. Professor Weitfeld war blaß geworden. Aber er nahm nur die Hände auf dem Rücken wieder zusammen, tat keinen Schritt auf seine Frau zu, sondern sah nur lange mit zusammengezogenen Brauen das leise Rücken ihrer Schultern an. Dann sagte er leise: »Jawohl, du hast recht. Es ist Wahnsinn, nämlich hinter diesem Kriege einen Sinn zu suchen.«

Dann wartete er auf Antwort.

Aber seine Frau löste die Hände nicht vom Gesicht.

Deswegen schritt der Professor leise an seinen Schreibtisch, setzte sich in seinen Stuhl, stützte die Arme auf dessen Lehne und sah sinnend vor sich hin in die Stube, in der es so still geworden war, daß man die Fliegen mit leisem Picken an die Fensterscheiben stoßen hörte.

»Welchen Sinn hat es, daß Rußland entstanden ist und welchen, daß es nun zerfällt? Weißt du es? Weiß es in Wahrheit ein Mensch, ein einziger auf der Welt? Ich weiß es nicht.«

Weitfeld sprach, als sei er allein und rede mit sich.

»Tausende und Abertausende Freiheitsbegeisterte sind dort in den Höllen Sibiriens verschmachtet und am Galgen erwürgt worden und nun wüten die, die unter der Zarenknechtung gelitten haben, mit denselben Mitteln, ganz denselben, die sie ehemals zur Empörung getrieben haben, gegen ihre Mitmenschen. Hat das etwa einen Sinn?«

Seine Frau riß das Gesicht aus den Händen und sagte feindselig:

»Was gehen mich die Russen an?«

»Hm. — Ja. —« erwiderte nach einigem Sinnen der Professor. »Hast recht. Aber, wenn wir Deutschen den Russen gegenüber menschliche Erwägungen als nicht für angebracht erachten, wie wollen wir uns denn entrüsten, daß Franzosen, Engländer und Amerikaner uns nicht mehr unter die Menschen rechnen?«

Die blonde Frau am Fenster wußte darauf nichts zu erwidern, stützte die Hände an steifen Armen auf die Knie und sah finster vor sich hin mit ihrem blassen, erschütterten Gesicht, auf dessen Wangen noch Tränen standen.

»Wir haben diesen Krieg nicht gewollt, nicht angefangen,« sagte sie nach einer Weile dumpf.

»Ach Weib, lassen wir doch dies Reden aus Leitungen. Christus ist an dem Christentum, wie es heute ist, nicht schuld und dennoch schreibt es sich von ihm her. Warum bricht eine Quelle von einer bestimmten Stelle aus der Erde? Wie entsteht ein Gewitter? Wie wächst ein Blatt? Wir erfinden die Gründe nachträglich dazu. Stimmen tut's nie. Und wie es mit den Dingen der Natur steht, so verhält es sich mit den Dingen der Menschen. Und welches war der Sinn des Ptolemäischen Reiches? Warum entstand und verging der Staat Montezumas? Weshalb blühte Peru ? Alle diese großen Geschehnisse sind heute nicht so wichtig als das Picken der Sommerfliegen an die Fenster dieser stillen Stube.

Liebes Weib, und übermorgen in hunderttausend Jahren wird dieser Krieg, in dem wir leben, auch so gewesen sein und müßige Menschen werden von dem Sinn, dem mutmaßlichen Sinn dieser Katastrophe fabeln, ohne an ein Ende zu kommen, so wie wir uns vergeblich darum bemühen.«

»Und was willst du damit sagen?« fragte die Frau.

»Du wirst es gleich hören. Wenn hunderttausend Menschen ›Ah‹ schreien, bleibt es doch ›Ah‹. Hat ein einzelner diesen Laut aus gestoßen, so ist er dadurch nicht verwandelt worden. Wir aber glauben, wenn hunderttausend, ›Ah‹ schreien, wird jeder einzelne verwandelt. Und wenn ein Mensch den andern mordet, nennen wir das ein Verbrechen. Der Mord von Millionen aber soll eine Tat sein, über die ich mich freuen soll. Davon erwartest du in Zukunft Glanz und Größe.

Meine liebe Manja, ist solches Denken nicht Wahnsinn und ist es das *Denken*, muß es da nicht auch das *Handeln* sein?«

Die Frau hatte sich geräuschlos erhoben, mit der Rechten krampfhaft die Stuhllehne umklammert und sah ihren Mann mit dem Ausdruck des Entsetzens an. Der Professor schaute mit schmerzvollem Gesicht lange zu ihr herauf und bewegte dann, als nicke er sich traumhaft zu, den ausgehagerten zerbohrten Kopf mit einem gütlich-bitterlichen Lächeln um die Lippen.

»Siehst du, Liebe, — und ich? Ich springe nun nicht auf dich zu, wie du es vorhin getan hast, rüttle dich an der Schulter und schreie: ›Ist das nicht Wahnsinn?‹ — Aber ich bitte, setze dich, ich will dir sagen, warum ich durch den Anblick der Krähe auf all das gekommen bin, was ich jetzt zu dir gesprochen habe. Als ich nämlich den grauschwarzen Vogel in dem flimmernden Licht draußen im Felde sitzen sah, kam mir ein Erlebnis in den Sinn, das ich auf meiner letzten Sinai-Reise gehabt habe.

Wir kamen aus dem Wadi Feiran und bogen ins Wadi Mokatteb ein. Das Tal der Schriften. Je weiter wir in diese flache, sandige Mulde eindrangen, desto mehr häuften sich die Inschriften auf den Steinen der Hänge, die sich nie zu größerer Höhe aufschwangen. Zum großen Teil sahen wir nabbathäische Schriftzüge, dazwischen waren auch bildliche Darstellungen primitivster Art, wie sie Kinder oder ganz rohe Völkerschaften herzustellen pflegen. Aber die trockene Luft hatte alles in dem weichen Stein wunderbar erhalten, obwohl mehr als zweitausend Jahre seit ihrer Entstehung vergangen waren.

Das Wadi hinreitend, machte mich mein alter Abu den Mahmud auf frische Spuren im Sande aufmerksam. Ich stieg neugierig ab und untersuchte die Abdrücke europäischer Fußbekleidung. Dann sagte ich mir, daß es doch ganz gleichgültig sei, wer vor kurzem neben seinem Kamele hier hingegangen sei, richtete mich auf und ließ meinen Blick betrachtend an den mit Inschriften übersäten Wänden entlang gleiten bis dort hinaus, wo das Wadi von einer Bodenwelle verengt und fast versperrt war.

Wie ich so von der flimmernden Glut über dem Gestein mein Auge langsam in das makellose Blau des unendlichen, tiefen Himmels hebe, steht, wie aus der Erde gewachsen, ein reitender Beduin auf dem Rücken des Hügels. Sein grauweißes Pferd bläst den Atem durch die Nüstern und hebt das Bein, um es niederzustoßen. Der Reiter hat sich lugend vorgebeugt. Sein Kopf mit einem weißen Tuch umwunden, seine lange Flinte quer vor sich liegend, so sieht er uns eine Weile an. Und wie ich ihn so gegen den Himmel stehen sah in seiner wilden Kühnheit und stahlharten Entschlossenheit, durchzuckte mich der Gedanke, das sei ein Krieger jenes längst vergangenen Königreiches, aus dessen Zeit die Schriftzüge an den Steinen zurückgeblieben waren. Die Luft schien von dem schwachen Lärm ferner kriegerischer Waffen zu zittern. Die eingegrabenen Zeichen auf den Steinen sahen auf einmal seltsam frisch aus, als seien sie vor Tagen, nicht vor Jahrtausenden eingegraben worden, und ich hätte mich nicht gewundert, wenn der Reiter herangesprengt wäre und auf einen Stein deutend, zu mir gesagt hätte: Siehst du den Mann mit dem Rüssel hier auf dem Throne sitzen? Niemand anders als der verfluchte Rebell ist es gewesen, dessen Schwert dieses Bild in den Stein ritzte, um unsern erhabenen Herrn und seine Krieger zu verhöhnen. Noch ist das Wadi erfüllt von dem Pesthauche seiner Horde, die hindurchzog. Mein Tier selbst ekelt es in der Luft, die diese Verworfenen verdorben haben, denn es bläst den Atem wie Gift von sich, das es eingesogen hat und schüttelt sich, daß es mich beinahe vom Rücken wirft. Aber wartet nur, ihr Ausgestoßenen, ehe die Nacht dreimal diese Wüste gekühlt hat, liegen eure Köpfe stumm umher wie die Steine dieses Wadi hier.

Ich war noch von dieser phantastischen Einbildung umfangen, als der Mann, den ich so als Krieger geträumt hatte, mit seinem Pferde schon neben mir und dem alten Mahmud stand. Es war ein Mann von dem Stamm der Djebeliye und auf der Jagd nach einem Panther, der die nicht zu ferne Oase seit Tagen beunruhigte. Bald kam er mit Mahmud in ein Gespräch und versprach, uns eine Ziege zur Abendmahlzeit in seinem Dorfe verkaufen zu wollen, das wir noch vor der Nacht zu erreichen gedachten.

Siehst du, Manja, so sind alle Zeiten wie ein Hauch vor dem Ewigen in uns, vor der Seele. Und wir sollten so töricht sein, den Hauch zu übertreiben, der eben jetzt an uns hinstreicht, wenn auch mit dem Donner aus tausend eisernen Rohren?«

Die Frau saß mit im Schoß gefalteten Händen und sinnend gesenktem Kopf da. Sie atmete schwer, sprach aber kein Wort, erhob sich geräuschlos nach einer Weile und trat einige Schritte auf ihn zu, als wollte sie ihrem Mann eine ruhige, gesammelte Antwort geben. Plötzlich riß sie die Hände empor, preßte sie gegen die Schläfe und schrie verzweifelt und gequält: »Niemals! Rein! Nein! Nicht, nicht!« So stürzte sie aus der Tür, lief wie gehetzt den Flur hin und stürmte die Stiege hinauf.

Weitfeld sah ihr mit allen Zeichen der Enttäuschung nach, erhob sich dann langsam, schloß die Tür, riegelte sie noch von innen ab und begann in der Stube auf- und niederzuwandeln.

Anfangs war sein Gang unruhig, sein Schritt ungleich. Er fuhr sich oft mit der Linken an seinen leicht ergrauten, ehemals blonden Spitzbart und zog ihn bis zu dem letzten Härchen durch die bebenden Finger seiner schmalen, durchsichtigen Hand.

Allgemach wurde sein Schritt lang und leise und sein schlanker Körper beugte sich jedesmal ein wenig, wenn der Fuß den Boden verließ.

Nachdem er so wohl eine Stunde in seinem Zimmer hin- und hergeschritten war, blieb er so langsam stehen, wie eine Uhr, die ausgelaufen ist. Die Schwünge des Perpendikels werden kleiner, müder und endlich haucht die Unruhe das letzte kaum vernehmliche Knacken aus. Weitfeld bedeckte seine hohe zergrübelte Stirn mit der Hand, wie um sie durch einen kühlen Umschlag zu beruhigen und schloß dabei die Augen, als gelte es, das Minieren eines geheimen Schmerzes zu stillen und murmelte nach langem Besinnen: »Es gilt, sich loszuringen von der Vergewaltigung durch das Äußere. Denn das Problem des Lebens dreht sich darum, die Tätigkeit immer tiefer in uns selbst zu verlegen. Das ist der einzige Weg zur Freiheit, die einzige Möglichkeit, daß diese ewige Grundforderung des Menschen endlich zur Tatsache wird.«

Dann ließ er die Hand sinken und sah in einer Art verblüfften Staunens ins Wesenlose, wobei er den Mund wie zum Pfeifen spitzte und so große, starre Augen machte, daß seine Brauen fast in die Hälfte der Stirn hinaufgeschoben wurden.

»Ja a a a,« sagte er, den angehaltenen Atem auslassend, »einer auf dieser verwirrten Erde muß doch damit den Anfang machen. Und warum in aller Welt soll ich nicht derjenige sein?«

Darauf sah er an den Wänden seines Zimmers entlang, die bis nahe an die Decke mit Bücherregalen vollgestellt waren, bekam davon ein spöttisches Lächeln in seine Züge, ging langsam hm und zog vor die bunten goldbedruckten Bände die graugrünen Vorhänge. Die Messingringe glitten schwirrend über die Eisenstäbe und er wiederholte sich fortwährend leise die Mahnung: »Aber um Gottes willen, nicht wieder denken. — Nicht — wie — der den — ken.«

So ging er murmelnd von einem Regal zum andern. Zuletzt zog er auch noch die leichten Vorhänge an der Balkontür und allen Fenstern zusammen, setzte sich in dem gelbgrünen Dämmern an den Schreibtisch und vertiefte sich in den Anblick eines Blattes, auf das er einen Kreis gezeichnet hatte, an dessen innere Peripherie ein Fünfeck und darin wieder ein Dreieck gelegt war. Die erste Figur war mit blauer Farbe, die zweite mit brauner, das Dreieck mit grüner Farbe ausgetuscht. Es war die Art, wie er sich seit Monaten auf die Neumelodie, auf die menschlichen Universalkräfte stimmte. Er saß in seinen Stuhl zurückgelehnt, die Unterarme mit flach ausgestreckten Händen auf den Oberschenkeln liegend. So sah er unverwandt mit versinkendem Gesicht auf die Zeichnung. Von Zeit zu Zeit schloß er lange die Augen, um die Vorstellung der Figuren »bis zur vollkommenen Präponderanz in die Tiefe einzusaugen.«

Nach etwa einer Stunde hörte er vorsichtig an die Tür klopfen, und das Dienstmädchen rief, als er geantwortet und dann das Klopfen wiederholt hatte: »Herr Professor, die gnädige Frau lassen sagen, es ist angerichtet.«

Weitfeld rührte sich nicht.

Eine Weile darauf trippelten Kinderschritte über die hölzerne Stiege, kamen auf den Zehen an die Tür, hielten auf der Schwelle an und nach einem Atmen durchs Schlüsselloch und unterdrücktem Kichern, klopfte es wieder zaghaft und eine Knabenstimme sagte furchtsam: »Vater, die Suppe wird kalt.«

Weitfeld zog die Brauen unwillig zusammen, erhob sich und sagte:

»Mädi und Bubi!«

»Ja,« gab es von draußen doppelstimmigen Bescheid.

»Sagt der Mutter, ich meditiere und will nicht gestört sein, bis ich mich selbst melde. Hast du's verstanden, Jörg?«

»Ja, Vater.«

»Bis ich mich selbst melde und vergeßt mir nach dem Essen nicht die Befestigung.«

»Nein, Vater.«

»Gut. Also auf Wiedersehen.«

Die Kinder wirbelten befreit den Flur hin über die Stiege hinauf und er hörte bald im Eßzimmer über sich die Stühle rücken.

Er aber ging, streckte sich auf dem Liegesofa aus und schloß die Augen.

Ein traumleises Sausen war in seinem Kopfe, so wie er es während seiner Orientreisen in den Tropen oft erlebt hatte, wenn er schlaflos zur Nacht in der Wüste den feinen Sand gegen die Wände seines Zeltes treiben hörte.

Nach langem wurden die Stühle über ihm wieder gerückt. Dann war es still und Weitfeld wußte, daß seine Kinder nun die von ihm gedichtete Befestigung sprachen, die er ihnen mit viel Mühe beigebracht hatte. Und als sitze er bei ihnen und müsse ihnen über die schwierigen Stellen hinweghelfen, sprach er halblaut und mit pedantisch genauer Akzentuierung die Worte seiner Verse, über sich ins grüne Dunkel:

»Durch die Speise neu entzündet,
führt es uns zu neuer Wandlung.
Weiter werde stets gerundet
unser Leben durch die Handlung.

Das Geschaffne sei geschaffen
abermals in unserm Geiste,
bis das tätige Erraffen
mündet in das Allerfreiste.

Niemals darf in eignen Grenzen
fangen sich des Menschen Streben,
denn zu immer höh'rem Glänzen
drängt es rastlos unser Leben.

Schwinge also neuentzündet
immer weiter mich, Genoßnes,
bis das Dasein leicht sich bindet
frei in heut noch Unerschloßnes.«

Droben ging es dann hin und wieder, bald mit schweren Schritten, daß die Deckenlampe leicht klirrte, wohl die Dienstmädchen; bald mit leichtem Hüpfen, vermutlich die Kinder. Er lauschte den Schritten und sann dabei dem Inhalt der Verse nach. Als es ganz still geworden war, richtete er sich halb auf und sagte fast laut wie ein strenges Gebot die letzten beiden Zeilen in die Totenstille seiner Stube:

»Bis das Dasein leicht sich bindet
frei in heut noch Unerschloßnes,«

sann lange gegen die Diele, nickte sich ernst entschlossen zu, legte sich wiederum und war nach einigen Augenblicken eingeschlafen.

Als Weitfeld erwachte, merkte er an dem angeröteten Licht, das durch das duftige Grün der Vorhänge fiel, daß es schon gegen den Abend hin gehe. Er setzte sich auf und als erhebe er sich vom Nachtschlaf und bedürfe, um in den Tag hineinzufinden, des Wissens um die Träume, die ihn durch den Schlaf geführt hatten, wandte er sich mit seinem Denken zurück. Aber er sah nichts als den Zwiespalt mit seiner Frau, überlegte sich ihr Betragen und seine Worte und merkte, daß die Argumente, die er vorgebracht hatte, in Rücksicht auf seine große, neugewonnene Überzeugung recht dürftig und etwas wirr ausgefallen waren und daß, gemessen an der Höhe seiner Idee, seine neue Lebensführung auf Außenstehende vielleicht komisch wirken konnte, ja, wer weiß, sogar mußte.

Allein es konnte doch nicht anders sein. Der Boden, auf dem er sich bewegte, war neu, deshalb war es nicht verwunderlich, daß er sich, vor sich selber sogar, vorerst etwas seltsam gebärdete. Denn um eine neue Menschenzeit heraufzuführen, war es ja wirklich nicht unbedingt notwendig und angemessen, das Mittagessen zu übergehen und dann den ganzen Nachmittag zu verschlafen. Die Exaltation seiner Frau, besonders ihr Schreien und Davonlaufen, das Gelächter seiner Kinder hinter der Tür, alles war ganz natürlich. Er erhob sich lächelnd und sagte sich, daß das Problem der vollkommenen Angemessenheit oder besser Kongruenz zwischen der inneren Welt und der äußeren Lebensführung für einen Menschen nie zu erreichen sei. Aus dieser Inkongruenz stammt überhaupt alle Denkbarkeit, alle Sichtbarkeit, alle Wahrnehmbarkeit, und das bildet den Grund für die Tatsache, daß jeder, auch noch so ehrwürdige Mensch, bei genauem Zusehen eine komische Figur sei.

Lachend dehnte er die Arme über sich und sagte laut: »Aber deswegen ziehen wir die Hand nicht vom Pfluge zurück!«

Dann öffnete er die Vorhänge an allen Fenstern, auch an der Balkontür, daß das volle Licht der geneigten Sonne ins Zimmer strömte, horchte ins stille Haus hinaus und trat dann an den Schreibtisch, um sich noch einen Augenblick in das Orientierungsblatt, die Zeichnung der drei geometrischen Figuren, zu vertiefen. Befriedigt legte er sie weg.

O nein, der Erfolg war unleugbar. Seit Wochen hatte er sich wieder in die Hand bekommen und war nicht mehr der Tummelplatz ewiger Unruhe, des Schreckens, grausigen Schmerzes und einer lastenden Sorge.

Er war einfach aus dem blutigen Kreis herausgetreten.

So muß es sein, murmelte er, schloß den Schub des Schreibtisches und verließ das Haus an der hinteren Seite. Beim Niederschreiten von den wenigen Stufen, die in den Garten führten, umnebelte ihn wohl ein leichter Schwindelanfall. Ein floriges Schwimmen zog über sein Hirn und die über den schmalen Kiesweg geneigten Büsche verloren ihre deutlichen Umrisse und sahen wie eine grüne Wasserwoge aus, die lautlos auf den gelben Sand niederfloß. Der Professor legte seine kühle Hand auf die Stirn, faßte den Weg mit festen Schritten an und trat, schon wieder ganz frei und sicher, durch das kleine Pförtchen auf den Dorfweg, der am Ufer des Zackens entlang lief. Er hatte die Empfindung, seine Frau sehe ihm von dem Fenster ihres Zimmers nach. Aber er drehte sich nicht um, sondern erinnerte sich, daß Manja ja heute Nachmittag zu Besuch bei der Forstmeisterin sei. Also hatte ihn dies rätselhafte Gefühl des Betastetwerdens auf seinem Rücken wohl getäuscht, und es war nur »ein dislozierter, vagierender Gedanke der Unruhe, der sich dort in der Täuschung eines sinnlichen Reizes manifestierte.« Mit einem merkwürdig von innen spürenden Blick, halb schon zum Weiterschreiten gewendet, betrachtete er das rote, hohe Ziegeldach der Forstmeisterei, das sich neben seiner Villa zwischen den weitästigen Kronen alter Laubbäume sehen ließ und blitzartig grell stand die Erinnerung an einen Vorgang vor seinem Geiste, der ein halbes Jahr zurücklag. Es war ein harter Vormittag gewesen mit unbarmherzig klarer, winterlicher Frostsonne. Bäume und Sträucher ein einziges weißes Wogen. Die Schritte der Fußgänger knirschten, unter den Kufen der Schlitten drang ein hohes Wimmern hervor und zog verhauchend hinter den Gefährten her. Am Fenster seines wohldurchwärmten Schlafzimmers stehend, hatte er in diesen neu beschneiten, bitterkalten Dezembertag hinausgesehen und nach einer Weile den alten Käse, den Allerweltsbastler von Johnsbach, bemerkt, der in den Häusern der Begüterten und bei den sommerlichen Erholungsgästen des Ortes das Amt eines Dienstmannes versah. Mit einem kleinen Schlitten, den er behutsam hinter sich herzog, wand er sich aus der hinteren Tür des forstmeisterlichen Gartens auf den Weg, schloß das Pförtchen, daß die Haspe laut klirrte, trat an das Schlittlein und betastete umständlich die Stricke, mit denen eine breite, flache Holzkiste darauf festgebunden war. Dann trottete er mit seinem rührigen Zuckeltrab den Zackenweg weiter wasserab, warf, bei Weitfelds Gartentürchen angekommen, einen Blick auf des Professors Haus, als habe er ein Anliegen, hielt sich aber kaum einen verlangsamten Schritt auf und ging dann geschäftig fürbaß. Durch irgendeine rätselhafte Wendung seines Innern war damals dem Professor dieses Betragen des Alten seltsam vorgekommen und wie auf der Lauer liegend, hatte er nun erst recht Posto gefaßt, um zu beobachten, was weiter geschehen werde. Nach Verlauf von kaum zehn Minuten war seine Frau in leidenschaftlicher Aufgeregtheit aus demselben hinteren Gartenpförtchen der forstmeisterlichen Besitzung getreten, durch die eben der alte Dienstmann Käse davongegangen war, hatte den Zackenweg hinuntergesehen, als luge sie dem hurtigen Greislein nach und dann, in ein übermütig wirbelndes Rennen verfallend, war sie förmlich durch den Garten in ihr Haus zurück geflogen, als sei sie ein toller Backfisch und nicht die seit zehn Jahren verheiratete Frau des Universitätsprofessors Josef Weitfeld. Auf der Stelle des weißbeschneiten Zackenweges aber, wo Käse gestutzt und an der seine Frau einen Augenblick hinter dem davongefahrenen Manne dreingeschaut hatte, dem Pförtchen gerade gegenüber, ließ sich eine kleine Weile darnach mit klammem, mißmutigem Flug eine Krähe nieder, blies ihre Federn zu einer grauschwarzen Kugel auf und äugte mit schiefem Kopfe bald auf die eine, bald auf die andere Seite nach Nahrung aus.

Die Erinnerung an diesen Vorfall bemächtigte sich des Professors blitzartig aus dem Hinterhalt und war mit einer so drohenden Wichtigkeit geladen, daß er kopfschüttelnd weiterging und sich vergeblich fragte, was das für einen Sinn habe.

Als er an der ersten Brücke über den Zacken angelangt war, blieb er grübelnd stehen und die Vermutung fiel ihn an, daß dieser Vorgang möglicherweise der rätselhafte Grund sei, weswegen ihm heute vormittag bei dem Gespräche zwischen seiner Frau und der Forstmeisterin die Krähe auf dem Düngerhaufen weit draußen im Felde so merkwürdig erschienen sei. »Das können wir ja gleich sehen, was dahinter steckt,« sagte er zu sich und warf einen Blick über die Brücke, auf der, vom andern Ufer her, eben ein etwa zehnjähriges Mädchen auftauchte und auf ihn zukam.

Das Kind, wohl aus einem ärmlichen Hause stammend, hing schlank und welk wie ein lebendiges Leichlein in dem geflickten kurzen Röckchen und als sie bei ihm stand und seine Frage gehört hatte, ob nicht hier herum der alte Käse wohne, gab sie ihm mit einer so leisen, fröstelnden Stimme den gewünschten Bescheid, indem sie mit der ausgestreckten Hand über den Fluß in das Gewirr von kleinen Häusern wies, daß der Professor sein Herz in einer bitteren Klemme fühlte, weil er merkte, wie dies unschuldige Kind von den Folgen des Krieges ausgemergelt war. Deswegen setzte sich der überwüchsige, lange Körper Weitfelds nicht, wie es sonst seine Gewohnheit war, mit einem zerstreuten Nicken des Kopfes, ohne Dank und Gruß in der angegebenen Richtung in Bewegung, sondern er zog den ausgestreckten Arm des Kindes herab, drückte ihm zwei Zehnpfenniger in die Hand und sagte mit ausdrucksvoller Stimme dabei die ersten beiden Verszeilen seiner Befestigung:

> »Durch die Speise neu entzündet
> führt es uns zu neuer Wandlung,«

nickte ihr noch einmal bedeutsam zu und schritt dann über die Brücke, ohne sich um die Verblüffung des Mädchens zu kümmern, das bald dem hageren, langen Manne mit dem leicht tauchenden Oberkörper nachsehend, bald die beiden schwärzlichen Geldstücke betrachtend, eine leichte Lustigkeit ins Gesicht kriegte und dann lachend und singend den Weg am Flüßlein hinuntersprang.

Weitfeld ging das Gewirr der Hühnersteige zwischen den kleinen Häusern in umfriedeten Gärten hin, wich aus, wo es gar nichts auszuweichen gab, sah sich aufmerksam um, wo nichts

Merkwürdiges zu sehen war, lächelte fremde Gesichter gewinnend an, maß gleichgültige Menschen mit drohenden Augen und hatte immerfort die Empfindung wieder näher an seinem wunden Herzen, daß er die Hand aus einem zermalmenden Getriebe ziehen müsse, das um ihn raste und mit tausend eisernen Zahnrädern nach ihm schnappte.

Endlich stand er vor dem Häuschen Käses, das wie eine große Schildkröte, breit und grau im Grün kauerte, wie die anderen Anwesen auch, mit altersschwachen Schindeln gedeckt, und nur einer Reihe Fenstern, kaum kinderhoch über der Erde. Als er über das kleine Vorplätzchen schritt, das nicht größer war als eine ausgebreitete Reisedecke, dachte er: Wenn ich aber nicht will, bleibe ich heil trotz allem Unheil. Mit diesem Huschen im Kopf trat er schon in die einzige große Stube des Hauses, die, sehr geräumig, sehr niedrig und peinlichst sauber, ganz im grünen Dämmern der umbuschten Fenster lag. Der alte Käse, wohl eben von einem Gange zurückgekehrt, saß an dem weißgescheuerten riesigen Tisch, strich sich mit der einen Hand den Schweiß von der Stirn, mit der andern langte er in die Hosentasche nach seinem Geldbeutel, um seinen Tageserlös zu überzählen. Die grüne Tellermütze mit dem messingenen Dienstschild hatte er auf dem Tischblatt hingeschoben. Als der eintretende Professor in der Tür erschien, die aufstand, zog er die Hand, die nach dem Beutel fahren wollte, zurück, langte nach der Mütze, seiner Amtstracht, rückte an seinem schon recht eingehutzelten Körper, als wolle er sich erheben, und noch ehe Weitfeld gegrüßt hatte, sagte er mit einem dienstwilligen Lächeln: »Scheen gun Amd auch und was wär gefällig, mein Herr, wenn ich fragen dürfte?« Aber nun erkannte er den Eintretenden erst und fügte schnell hinzu: »Ach, Sie seins, Herr Professor?«

»Ja,« antwortete Weitfeld, »ganz recht. Ich bin's,« und trat an den Tisch, den kleinen Käse achtsam beäugend, der wie ein graues Menschenhäufchen auf seinem Stuhle hockte.

»Sie sind der Dienstmann Käse, nicht wahr? Ja. Ich seh's. Ganz recht. Wenn ich nun zu Ihnen komme, so ist es eigentlich nicht notwendig, daß ich zu Ihnen komme, weil es in einem Gedicht treffend heißt: ›Niemals darf in eignen Grenzen fangen sich des Menschen Streben.‹ Allein Sie haben vorigen Winter vor Weihnachten für meine Frau ein Paket nach Berlin auf die Post gebracht. Von Forstmeisters aus. Nicht wahr?«

Der alte Dienstmann war verblüfft. »Hmm. Wie meinen Sie? Ganz recht. Ein Paket. Nee, nee. Das stimmt. Vor Weihnachten. Nu freilich. Gell ja, Mutter, vor Weihnachten war's, wo ich das Bild … Das is meine Frau.«

Frau Käse, auch klein, greisig, aber noch rundlich und rührig, war während des Gestammels ihres Mannes in der Stubentür erschienen und trat nun neben den Professor an den Tisch. Es begann sogleich zwischen dem alten Ehepaar ein langer Austausch von unwichtigen Nebensächlichkeiten, nur aus dem Grunde, weil beide befürchteten, die ganze Angelegenheit berge in irgendeiner Falte eine Gefahr oder wenigstens einen Nachteil für sie.

Weitfeld hörte eine Weile schweigend zu. Dann griff er in die Tasche, legte einen Fünfziger auf den Tisch und sagte bestimmt:

»Schon gut. Ich danke. Meine Frau hatte dazumal kein Kleingeld. Es waren noch fünfzig Pfennig Rest geblieben. Hier sind sie.«

Beim Anblick des Geldes ging ein Erhellen über das Gesicht des alten Dienstmanns.

»Nee nee, wenns aso is, da, of deutsch gesagt, Herr Professor, da stimmt alles. Freilich, freilich.« Mit diesen Worten nahm er das Geld geruhig unter seine Hand.

Weitfeld schloß die Augen und kehrte sein plötzlich blaßgewordenes, leidendes Gesicht gegen die Decke. Dann murmelte er: »Die Krähe.«

»Was sagten Sie?« fragte Frau Käse, die erstaunt sein seltsames Betragen betrachtete.

Aber Weitfeld hatte sich schon wieder in der Hand. »Die Sache stimmt also,« sagte er gramvoll. »Sie haben die fünfzig Pfennige für das Bild bekommen. Guten Abend.«

Er machte kehrt, bückte seinen langen Körper unter der niedrigen Tür und verschwand mit seinem tauchenden Gange im Gebüsch der Hühnersteige nach der Zackenbrücke zu.

Der alte Käse hatte sich erhoben und sah dem Davongehenden vom Fenster aus nach.

»Studiert is nich gut und überstudiert schon gar nich,« sagte er und kraute sich dabei am Hinterkopf. »Das is ein Pferd mit fünf Beinen, Mutter, der Professor aus Berlin,« setzte er, sich umdrehend, seine Bedenklichkeit fort.

»Was geht denn das dich an, he?« fragte seine Ehehälfte abweisend.

»Nee, nee, Mutter, ich zerbrech' mir auch den Kopp nich. Aber, verstehst du, bei mir stimmte es doch mit der Frau auf den Pfennig und nu kommt der Herr, legt mir 'nen Fünfziger her und macht sich wieder naus und zu alledem verführt er Reden und macht Augen, als wenn er reen een Rauchfang im Leibe hätte.«

»Ach Käse, das geht dich doch gar nichts an,« erwiderte die Frau. »Es is Krieg. Es geht draußen drüber und drunter, in jedem Dorfe und in jedem Koppe. Du bist Dienstmann und wenn dir jemand mehr gibt, da nimmst du's und hältst's Maul.«

»Nu nee. Freilich nich. Werd ich nich. Ha! Was der Professor und seine Frau mit'nander haben, geht mich nichts an. Nee, nee. Da hast du recht, Mutter. Freilich nich.«

Immer so mehr in sich hineingrummelnd, als zu seiner Frau sprechend, die auch schon gar nicht mehr nach ihm hinhörte, hatte sich der Alte über die Stube getrödelt. Auf der Schwelle drehte er sich noch einmal um und sagte: »Nee, nee, Mutter. Wenn der Putz von der Kirche fällt, so geht das den Glöckner nichts an. Weeß ich alleene.« Auflachend trat er aus dem Hause, lehnte sich über den Zaun und schaute nach dem Professor aus, den er eben über die Zackenbrücke gehen sah, den Kopf so geneigt, als sei die niedrige Balkendecke noch immer über ihm.

4

Der Abend war indessen weiter vorgerückt. Das Riesengebirge, dieser wohlklingende, hohe, schöngeschwungene Zug von Bergen, lag in windstillem Lichte, das voll einer milden Verhülltheit und zugleich einer kränklichen Grelle war, einer Grelle, die man wie das sich nahende Fieber einer offenen Wunde nicht mit den Augen wahrnahm, sondern mit dem inneren Schauen empfand. Da und dort über den klaren Himmel verstreut standen opaleszierende Rundwolken in vollkommener Regungslosigkeit von schwachem Erröten überhaucht wie aufgeschreckte ratlose Gesichter, aus bösem Traum emporgefahren. Das Gebirge aber wechselte wie aus innerem Antriebe seine Farben, bald rauchgrau überhaucht, bald tiefblau versunken, bald von stumpfem Rot überlaufen, so daß es seine Festigkeit verlor, zu verschwinden, aufzutauchen und dann wieder unaufhaltsam fortzuströmen schien.

Weitfeld blieb auf seinem Wege einigemal stehen, wandte sich um und versank in die Empfindung dieser lautlosen Weltallsunrast der Höhe, schüttelte den Kopf und ging dann, wieder im Bohren sich nur vor die Füße sehend, weiter. »Seltsam,« murmelte er, »höchst seltsam.« Und dann sann er eine Strophe aus einer Befestigung:

> Das Geschaffne sei geschaffen
> abermals in unserm Geiste.

Damit trat er in einer Bewegung, die ebenso rastlos und gespenstisch wie die am Himmel in seiner Tiefe vor sich ging, von der Mitte des Weges an den Zacken, bog sich über das Geländer und starrte mit den zerflossenen Augen eines innerlich Aufgelösten auf das Wasser, das in leisen Wellen glänzend vorbeizog.

Ein feldgrauer Soldat, dessen eines Bein verkürzt und dessen andres steif war, schleppte sich an zwei Stöcken mühselig vorbei. Weil er den vornehmen Herrn so angestrengt auf das Wasser hinunterschauen sah, humpelte er auch heran, um herauszukriegen, was es denn Merkwürdiges da gebe. Als er eine Weile hinuntergeschaut hatte, bekam er solche Stiche in sein zweimal zerschossenes Bein, daß er leicht aufstöhnte. Da fuhr Weitfeld herum, sah sein schmerzverzogenes Antlitz und erbleichte, faßte sich aber und fragte gütig und sanft: »Sagen Sie mal, hören Sie auch das eigentümliche, dumpfe Rumpeln von Wellen? Es muß da unterirdisch sich ein Wasser in den Zacken ergießen. Denn solche Ströme unter der Oberfläche gibt es, die zudem oft stärker sind als die oberen, in die sie münden, die unsere Mühlen treiben und so und allen Krimskrams.«

Die letzten Worte hatte er schon wieder ganz für sich, ganz im Dunkel seiner inneren Aufgestörtheit gesprochen.

Der Soldat musterte ihn mit einem kritischen Blick, ruckte die Achseln, spuckte ins Wasser und sagte gleichgültig: »Ach nu.«

Weitfeld stierte gespannt auf die Wellen, fuhr nach einer ganzen Weile herum und fragte:

»Wie? — Und zu sehen ist doch nichts, rein nichts. Wenn man auch noch so genau aufpaßt. Kein Mensch bemerkt doch eigentlich etwas Verdächtiges. Seltsam, höchst seltsam, seltsam.«

Ohne auf den Soldaten weiter zu achten, ging er, den Kopf gesenkt, auf- und abtauchend weiter. »He, Kamrad, he!« rief ihm der Feldgraue jetzt nach. Der Professor blieb stehen und schaute vollkommen abwesenden Gesichts zurück.

»Gelt, Sie sind verschüttet gewesen?« fragte der Soldat und bemühte sich, eilig heranzuhumpeln.

Weitfeld, der vor Selbstbesessenheit die Worte des Feldgrauen nicht verstand, schüttelte den Kopf, winkte mit der Hand ab und ging, sofort wieder seinen Schluchten verfallend, weiter.

»Manja, meine Frau … es hat mich offenbar alles nichts genutzt … ja … meine Frau … haha … ich weiß es … natürlich … so und auch nicht …« murmelte er lautlos vor sich hin. Da trat er in eine kurze Straße, die sanft bergan stieg. Nach wenigen Minuten stand er vor der Villa des pensionierten Konsuls Griepenstein. Als er in den kleinen Garten trat, sah er den sechsundsiebzigjährigen Greis in weit zurückliegender Haltung auf einem Stuhl sitzen und voll seliger Verlorenheit in die Krone des Ahornbaumes hinaufstarren, auf deren oberster Spitze eine Schwarzamsel in das Glühen des roten Abends flötete. Sein Gesicht war von einem kurz gehaltenen, völlig weißen Bart eingerahmt und trug weit vorgeschrittene Merkmale seniler Kindhaftigkeit. Mit der Spitze des rechten Fußes gab er den Takt zum Vogelliede und mit den Fingern beider Hände trommelte er auf dem Eisenblechblatt des Gartentischchens, das vor ihm stand, einen Militärmarsch.

Weitfeld war vorsichtig durch das Türchen eingetreten, warf einen Blick auf den entrückten Greis, der gerade hellauf lachte und lief dann mit den Augen überall umher.

Als er die Tochter Griepensteins nicht gewahrte, wollte er sich schon wieder zurückziehen. Aber beim Umstellen seiner Füße knirschte der Sand. Da fuhr der Konsul auf, sah den etwas verdutzten Professor und kam ihm mit ausgebreiteten Armen stürmisch entgegen.

»Ach. Hoho, welche Überraschung? Gehorsamster, allergehorsamster Diener, lieber, lieber Herr Professor!« sprudelte er überstürzt. »Scharmant, scharmant! Hören Sie doch bloß die lieben Vögelchen. Die wissen's. Die haben's gespürt. Gott, ich sitze schon eine halbe Stunde, lasse den Himmel über mir musizieren und denke an mein liebes Vaterland. Im roten Abendgold … im roten Abendgold … im roten … ja …«

Weitfeld kam so zu keinem Laut, wurde von dem lebhaften Greis an das Tischchen geführt und auf einen Stuhl gedrückt.

Das war nun anders, wie er es erwartet hatte. Der Greis achtete nicht im mindesten auf den Zustand des Professors, sondern begann sofort eine endlose, äußerst erregte Auseinandersetzung mit sich selbst über die Nöte und das Glück Deutschlands, besonders das gegenwärtige Glück und die Attacke in die Sonne, die hoffentlich alle halben und ganzen Waschlappen auf immer abtut, »evident mitten entzweireißt, auf Nimmerwiederzusammenflicken.« Dann machte sich der alte Soldat ingrimmig über den Fürsten Lichnowsky her, der gerade mit der Veröffentlichung über seine Londoner Gesandtentätigkeit den Mittelmächten so arge Verlegenheit bereitet hatte, nannte ihn einen diplomatischen Säugling, sprang von dem Grafen Beer mitten in die Strategie Clausewitzens, Moltkes und Schlieffens und plätscherte hier eine Weile zwischen veralteten Zitaten und Lehren umher. Zwischendurch unterbrach er sich immer, berührte Weitfelds Arm, lächelte ihn von untenher mit spitzbübischer Kindlichkeit an und fragte: »Nicht? Hab' ich nicht recht? Oder sind Sie anderer Meinung, sagen Sie es ruhig. Wer so alt wie ich geworden ist, der kann so leicht nicht umgeblasen werden, hahaha! Nein. Also, wie ich eben sagte …« und dann ging es in der alten Art wieder weiter.

Der Professor saß ganz still, sah durch das Geblätter der Bäume den Himmel sich immer tiefer entzünden, fühlte sich bald wie schlafend und dachte: wenn doch bloß diese Malva käme, damit es sich entscheidet — der vermaledeite Griepenstein, der Idiot, ist die reine Salzsäure.

»Hab' ich nicht recht, Herr Professor?« fragte der Konsul eben wieder.

»Ja,« antwortete zur Verblüffung des Greises Weitfeld endlich, sah ihn gütig an und dachte, jetzt hab' ich's satt. Laut setzte er fort: »Vollkommen Ihrer Meinung, Herr Konsul. Es ist, wie Sie soeben richtig bewiesen haben, durchaus dasselbe, wenn ein Wahnsinniger schlägt, als wenn er von einem andern Wahnsinnigen geschlagen wird.«

»Erlauben Sie gütigst. Verehrter. Sie müssen sich verhört haben. Ich sprach eben von den Vorteilen der verkehrten Front,« warf Griepenstein ein.

»Eben deswegen. Und ich wandte nur das Faktum der Verkehrtheit auf ein anderes Gebiet an.«

Dem Konsul stand der Mund auf und ratlos lächelnd sagte er: »Ach so. Hmhm. Bitte sagen Sie es noch mal. Verehrter.«

Weitfeld aber saß schon wieder still mit unbeweglich gramvollem Gesicht, so, als hätte er sich noch nicht an Griepensteins eigner Unterhaltung beteiligt. Nach einigen Augenblicken jedoch fühlte er, daß der Greis zu ihm gesprochen habe und sagte:

»Recht gern, Herr Konsul. Sie wissen doch auch von dem perpetuierlichen Phänomen der seltsamen Bewußtseinsakustik gegen alle Laute des Schicksals. Trotzdem es allen denkenden Menschen bekannt ist, daß alle geistige Apperzeption nur ein Perfektum, nie, niemals ein Präsens ist, so überrascht es den Menschen doch immer aufs neue, und zwar nicht immer angenehm, das Schicksal erst wahrzunehmen, wenn es schon geschehen ist. Und wenn wir uns zur

Wehr setzen, mein verehrter Krieger, so bekämpfen wir nicht ein gegenwärtiges Übel, sondern nur die Folgen eines schon vergangenen.«

Der Professor war, während er dies sprach, aufgestanden, denn er hörte Schritte im Garten herkommen.

»Ja, ja. So ist die Sache, lieber Herr Konsul,« sagte er leise und klopfte ihn lachend auf die Schulter. Griepenstein blieb zusammengekauert und fragte stotternd: »Da meinen Sie, wir wüßten nicht, worum wir kämpfen. Oder wie? Ich versteh Sie nicht.«

In diesem Augenblick trat Fräulein Griepenstein aus dem Gebüsch. Weitfeld überhörte des Konsuls Bedenklichkeiten. »Ah, da ist ja Fräulein Malva!« rief er aus. »Guten Tag, Fräulein Griepenstein. Sie sehen ja ganz glühend aus. Sie kommen gewiß vom Malen. Ich kenne das von Manja. Ihr Gesicht ist dann auch immer, als sähe sie ins Abendrot,« und er ging ihr rasch entgegen.

»Guten Abend, Herr Professor,« sagte das alte Mädchen etwas schleppend. »Sehr angenehm, daß Sie uns mal besuchen. Ja. Malt Ihre Manja auch wieder mehr?«

In diesem Augenblick fuhr der alte Konsul, der bisher grübelnd dagesessen hatte, mit großer Entrüstung auf, zog seine Tochter zur Seite und flüsterte ihr ins Ohr: »Du, der Professor ist übergeschnappt.« Dann kehrte er sich zu Weitfeld, machte lächelnd einen tiefen Diener, winkte devot mit der Hand und sagte äußerst liebenswürdig: »Ergebenster Diener, verehrter Herr Professor!« Darauf verschwand er im Gebüsch, von wo bald darauf sein lautes Gelächter erscholl.

»Ja, mein Vater ist heute geradezu ausgelassen wegen der beispiellos großartigen Westoffensive,« sagte Malva Griepenstein, ihm nachsehend. »Er ist ordentlich jung geworden.«

»Da haben Sie recht, Fräulein, richtig jugendlich.«

»Nicht? Und dann ist er immer dankbar, wenn er sich zu jemand aussprechen kann. Denn ist er lange allein, spürt man's, daß ihm Egons Tod doch noch recht zu schaffen macht.«

Die Malerin lenkte, während sie in ihrer mehligen Art so sprach, ihre langsamen Schritte gegen den Gartenausgang, weil sie der Meinung war, Weitfeld wollte wieder nach Hause.

Der Professor folgte ihr, immer einen halben Schritt zurückbleibend, sah mit blassem Gesicht zu Boden und stach bei jedem der Schritte genau um die Sohle seines Stiefels mit dem Stock einige Löcher in den Sand.

»Wo ist Ihr Bruder gefallen?« fragte er halblaut, ohne den Kopf zu erheben.

»Bei Baranowitschi als Batteriechef,« antwortete die Malerin. »Ja. Eine glänzende Zukunft ... und nun? Wenn es nur Mutter nicht so geworfen hätte, möchte es noch hingehen.«

Sie standen vor dem Ausgangspförtchen. Der Professor hob jetzt sein Gesicht und fixierte Malva Griepenstein so scharf, daß sie, nach ihrer Gewohnheit den großen immer speichelnden Mund schloß und mit ihren etwas geröteten wimperlosen Augen neckisch blinzelte.

»Was wollten Sie sagen, Herr Professor?« fragte sie süß, weil er noch immer in ihr Gesicht starrte.

»Ich bin nämlich deswegen nicht hierhergekommen,« sagte Weitfeld endlich leise und erblaßte unter schwachem Zucken seines Gesichts noch mehr.

»Nicht? Ich dachte, Ihnen wäre vor patriotischer Freude auch das Haus zu eng geworden, und Sie hätten mit dem Freunde Ihres Vaters ...«

Weitfeld unterbrach sie fast rauh.

»Nein,« sagte er, »ich bin wegen Ihnen gekommen und nun Sie da sind, werfen Sie mich auf diese geräuschlose Art sofort wieder auf die Straße,« und lachte.

»Ach nein, Sie scherzen. Verehrter,« erwiderte das alte Fräulein errötend, »und dabei sagen Sie die Bosheit noch mit so todernstem Gesicht. Also bitte, sagen Sie mir...«,

Während Malva das etwas überstürzt sprach, schloß sie das Pförtchen und ging schnell in den Garten zurück.

Weitfeld folgte ihr.

»Ganz und gar keine Malicen, liebes Fräulein,« sagte er hinter ihr her. »Nein, wenn die Berlin er Ihre Bilder bewundern, so ist es doch keine Bosheit, wenn ich als Johnsbacher sie auch mal sehen will.«

Jetzt blühte Malva auf. Ihre schlaffe Art verschwand. Sie ging elastisch dem Hausaufgang zu: »Ach, ich wußte gar nicht, wie reizend Sie sein können, und da sagt Manja immer, Sie scherten sich gar nicht um ihre Malerei. Sie gestatten, daß ich Ihnen vorangehe. Wir müssen schnell machen. Es ist gerade gutes Licht. Bitte, hier, Herr Weitfeld!«

Eifrig ging Malva voraus. Die letzten Worte sprach sie etwas gedämpft und schlüpfte dann auf den Zehen in ihr großes Malzimmer, eilte dort geräuschlos zur Tür ins nächste Zimmer und schloß sie vorsichtig.

»So,« sagte sie dann aufatmend, »Mutter sitzt nebenan im Lehnstuhl und gegen Abend schläft sie immer eine Stunde.«

Weitfeld legte Hut und Stock auf den Tisch und nahm auf einem Stuhl unter verstehendem Nicken Platz, während Malva Griepenstein die Staffelei mit dem großen Bilde aus der Abendglut rückte. Es war eine Parklandschaft bei Mondenlicht, im Hintergrund mit den schattenhaften Massen eines Schlosses, aus dessen Fenstern Klümpchen roten Lichtes stachen, im Ganzen ein aufdringlicher, fetter Schinken.

»Offen gestanden, Manja schätzt Sie ja sehr, Fräulein Malva, wie Sie selbst wissen,« sagte Weitfeld, und trat bald näher zu dem Bilde, bald fixierte er es, scheinbar scharf, aus der Ferne. Dabei sprach er gedämpft, gemessen und verbindlich. »Ja, wirklich famos, die verschwimmenden Baumkronen, die der Wind peitscht. Ja, was ich sagen wollte, Manja schätzt Sie doch sehr. Allein sie meint, wenn Sie ihre breite Malweise zugunsten eines präziseren, zusammengefaßteren Striches aufgeben würden, so würden sich Ihre Erfolge noch steigern.«

Er nahm den Kneifer ab und sah scharf zu ihr hinüber. Was er erwartet hatte, trat ein. Sie erbleichte und brach leise in höhnisches Lachen aus.

Denn seit sie Erfolge hatte, war die sonst so gleichmütige, fast indolente alte Jungfrau äußerst verletzlich geworden. Sie hielt ihre Bilder für Kunstwerke und behauptete, nur an erste Kenner zu verkaufen, obwohl durch Vermittlung betriebsamer Menschen, die neuen Reichen der Hauptstadt, die Kriegsgewinnler, allein ihre Abnehmer waren. Über Ausstellungen rümpfte sie die Nase und fuhr fort, pompöse, bunte, romanhafte Landschaften zu malen.

»Ja, Manja, Ihre liebe Frau. Hahaha!« lachte sie beißend. »Da soll sie nur ihre Bilder mal vor richtige Kenner bringen und sie wird sehen, wer recht hat.«

»Eben deswegen, liebes Fräulein, bin ich hergekommen, um mir aus eigener Anschauung ein Urteil zu bilden. Ich finde Ihren Strich frisch, fast von furioser Leidenschaftlichkeit. So, daß man meint, ein anderes Wesen habe dieses Bild gemalt, nicht Sie, diese liebe, sanfte Malva.«

»Nicht? Und wie gefällt Ihnen das geisternde Mondlicht?« fragte sie geschmeichelt.

»Sehr gut und wie reich nuanciert! Nein. Da hat Manja unrecht. Aber sie ist nicht zu bekehren von ihrer Art. Außerdem gibt sie ihre Bilder immer nur an Freunde, die ihr dann aus Artigkeit und Höflichkeit auch nur schaden.«

Fräulein Griepenstein sah den Professor überrascht in das zerbohrte Gesicht, dessen Ausdruck immer leidender wurde.

»Ich meine es wirklich so, wie ich es sage,« sprach er ihr ungläubiges Stutzen beantwortend. Dann nahm er wieder am Tische Platz und fuhr fort: »Sie müssen wissen, daß ich für ernstes, organisches Arbeiten bin, wenn Manja die Malerei nun schon als Hauptaufgabe ihres Lebens betrachtet.«

Malva lachte boshaft.

»Darf ich Ihnen offen meine Meinung sagen?« fragte sie dann und setzte sich ganz nahe zu ihm.

»Ich bitte sogar darum,« antwortete der Professor, spürte, daß ihm der Schweiß auf die Stirn trat, und fuhr sich leicht mit dem Taschentuch übers Gesicht.

»Sie haben vollkommen recht,« sagte Malva und legte ihre Hand auf seinen Arm. »Dieser Anhang von Bekannten und Freunden mit ihrem Halleluja bei allem, was von Manja kommt, schadet ihr geradezu. Vor allem dieser Assessor Körten. Der Mann überschlug sich ja geradezu, als ich ihm zu Ostern auf dem Görlitzer Bahnhof das kleine Bild Manjas gab. Richtig wie unsinnig vor Glück war er. Ohne es nur gesehen zu haben, nannte er Manja und Liebermann und Klinger und Thoma und wer weiß wen, in einem Atem.«

Während Malva das in großer Erregung redete, sah sie den Professor automatenhaft lächeln, trotz dieser Heiterkeit aber sein Gesicht immer gramvoller werden. Dann erhob er sich geräuschlos und steif.

Fräulein Griepenstein sah, daß er in der Stube hingehen wollte, aber plötzlich wie gelähmt war.

Dazu lachte er in einer solchen Lustigkeit auf, daß sich Malva an den Verdacht ihres Vaters erinnerte, der den Professor übergeschnappt gefunden hatte, und rief: »Gott, was ist Ihnen denn? Sie taumeln ja, Herr Professor!«

In Angst steigerte sich ihre Stimme fast zum Schrei.

Weitfeld streckte den Arm aus und tat ein paar taumelnde Schritte nach dem Ofen hin, fortwährend tapfer lachend.

Aus dem Nebenzimmer erklangen kurze Schluchzlaute, wie das hohle Jappen eines abgetriebenen Jagdhundes: »hu — hu — hu —hu —hu.«

»Was ist denn das?« fragte Weitfeld, der den Ofen erreicht hatte und sich daran lehnte.

»Ach wissen Sie, das ist ja eben das Furchtbare. Sie ist gelähmt und seit Egons Tod nicht mehr bei Besinnung. Sobald sie erwacht, weint sie so machtlos und abgerissen Tag und Nacht um Egon. Aber was war Ihnen denn auf einmal?«

»Es ist weiter nichts,« antwortete er erheiternd. »Ich vertrage die Kriegskost nicht und werde eben manchmal hungermatt. Aber nun ist schon alles wieder gut. Schade, daß wir in unserer Unterhaltung so gestört worden sind. Nein, ich gebe ihnen vollkommen recht in Ihrer Ansicht über meine Frau. Ich danke ihnen und werde auf Manja zu wirken suchen.«

Während er sprach, jappte die arme Irre im Nebenzimmer fortwährend eintönig-schluchzend:

»Hu — hu — hu — hu —«

Der Professor nahm in sorgfältiger Achtsamkeit Stock und Hut an sich, horchte auf das Weinen der Greisin und ging mit gramvoller Mutlosigkeit auf dem Gesicht davon.

5

Auf dem Nachhausewege geriet der Professor in Gedanken auf die Felder nach Wernersdorf zu, flüchtete vor einem Trupp Kriegsblinder, die, von einer Schwester geleitet, ein Schullied singend, gegen den Hermsdorfer Bahnhof zu gingen, und kam, bis zur Erschöpfung abgetrieben, spät in der Nacht in seinem Hause an. Alles schlief schon. Ohne Licht anzuzünden, tappte er die Treppe zum oberen Stockwerk empor, suchte im Speisezimmer nach Eßbarem und verschlang gierig alles, was man ihm auf dem Tisch zurechtgestellt hatte. Alles das tat er in völliger Dunkelheit, weil er fürchtete, in der Helle den Sturm seiner leidenschaftlichen Gedanken und sich und seinen Zustand grell zu erkennen, was er vermeiden mußte, weil es seinem neugefundenen Lebensprinzip widersprach, sich von der Relativität scharfer, rein intellektueller Erkenntnisse leiten zu lassen. Er wollte alles von seiner letzten, göttlichen Instanz, von seiner Seele her, entscheiden lassen, nicht in Willkür handeln, sondern nur auf den unbeeinflußten Anstoß seines Schicksals hin wirken. Als er durch den Flur zu seinem Schlafzimmer ging, das neben seinem Arbeitszimmer lag, empfand er seinen Körper als eine dämmrige Lichtgarbe in der Finsternis und schloß aus diesem unbegreiflichen Phänomen, daß er mit dieser neuen, ihm selbst rätselhaften Wehrhaftigkeit auf dem rechten Wege sei.

Während des Auskleidens überlegte er, daß die Verwirrung der meisten Menschen in ihrem Dasein an der Irritabilität durch sie selbst liege, daß zwar keiner auf Erden über seinen eigenen Schatten springen könne, die meisten aber darüber stolpern und zu Falle kommen. Der Schatten unseres Wesens aber sind unsere Gedanken über uns selbst. Ihnen ausweichen heißt, der Lebenszerstörung aus dem Wege gehen und jenseits aller Kurzschlüsse der, Kausalität zur Einheit zu gelangen.

Mit dieser neuen »Befestigung« stieg er ins Bett, zog die Decke über sich und versank, ehe er sich zweimal gedreht hatte, in einen merkwürdigen Traum, der die ganze Nacht dauerte.

Zuletzt erwachte er mit einem Schrei.

Es war schon spät am Morgen.

Die Sonne erfüllte sein ganzes Zimmer, und seine Kleider lagen so über die Diele zerstreut, als habe er sich gestern abend im Umhergehen ausgezogen und wo er stand, jedes einzelne Kleidungsstück achtlos zu Boden fallen lassen.

»Hab' ich geträumt?« fragte sich der Professor und übersah, ungläubig den Kopf schüttelnd, den Unrat der Kleider, der sich über den Fußboden ausbreitete.

»...vielleicht schon ehe ich ins Bett stieg, während ich noch um den Tisch ging,« setzte er den Zweifel fort.

Nein, das konnte nicht sein, denn er erinnerte sich noch scharf der neuen Befestigung seiner neuen Lebensansicht. Oder wenn das nicht der Fall war, so lagen tatsächlich seine Kleider wie immer wohlgeordnet auf dem Stuhl am Fußende des Bettes und das, was er da auf der Diele sah, war nur eine Einbildung. Er griff auf den Stuhl und fand, daß er leer sei.

»Ja, mein Gott!« sagte er erregt und wollte aus dem Bett steigen, um sich zu überzeugen, ob das auch wirklich Kleider seien, was dort auf dem Fußboden lag. Aber merkwürdig. Er vermochte Arm und Bein nicht zu bewegen. Es war, als seien sie ihm weggehackt oder weggefahren worden.

»Hab' ich das geträumt?« fragte er, an seiner Wahrnehmung wieder zweifelnd. Aber mit eins stand der ganze Traum bis in alle Einzelheiten grell vor seinen Augen, tauchte auf und war in der nächsten Sekunde wieder verschwunden.

Die Folge dieses Vorganges bestand darin, daß er nun wirklich wie verstümmelt im Bett lag; starr und erschüttert. »Nein,« sagte er leise, »das war kein Traum, das war natürlich eine Wahrheit, die so verborgen ist, daß sie sich nicht anders als in rätselhaften Schlafbildern meinem Geiste zeigen konnte. — Und zeigte sich etwas, so muß während des Schlafes ein anderes in mir *gesehen* haben. Und ist sehen nicht waches Leben? Gut. So bedeutet also Schlaf nur eine andere Art wach sein und leben.« Und als er mit seinem erdfernen Bohren bis hierher gelangt war, fühlte er sich innerlich wieder in zwei Welten zerfallen wie im letzten Teil seines Traumes, an dem er ins Wachsein seines äußeren Blickes aufgeschreckt war. Und die Kleider auf der Diele erschienen ihm als ein unsinniger Rückstand seines Wesens, in den zurückzukriechen er sich nicht getraute.

Er wickelte die Schlafdecke eng um sich, legte sich auf den Rücken und sah mit großen, verlorenen Augen lange zur Decke.

»Hm,« murmelte er nach langer Weile. »Toxicatmicus. Na ja. Vielleicht. Toxicocolica. — Ist schon möglich. Toxicolog. Das wird's sein. Ja, ja.«

Und er zog die rechte Hand unter der Decke vor und besah sie lange, wie das Glied eines ihm fremden Menschen, hinter dessen verborgenes Daseinsgeheimnis er gekommen war.

»Aber, warum ist es gerade mir beschert, hinter das Gift des Lebens zu kommen?« fuhr er nun, aber nur in Gedanken fort und steckte die Hand wieder unter die Decke.

In der Stube über sich hörte er seinen Buben und sein Mädchen eilfertig laufen, ungeduldig nach irgend etwas schreien, und hinter ihnen drein kamen lange mühselige Schritte, und eine tiefe, altersbrüchige Stimme redete beruhigend und ermahnend zugleich.

Dann wirbelten die Kinder polternd die Treppe herab, riefen im Laufen: »Auf Wiedersehen, Therese!« und schlugen dann die Tür zu, daß das Haus zitterte. Draußen brachen sie in Gelächter aus, das sich wie ein neckischer Zwiegesang anhörte und dann, immer schwächer werdend, in der Ferne verschwand.

»Auf jeden Fall,« damit setzte Weitfeld seine unterbrochenen Gedanken fort, »Gift ist da. Entweder in meinen Augen, in meinen Gedanken oder in dem Leben Manjas.«

Davon wurde er so still, als sei er vor Entsetzen gestorben.

Nicht mit einer Fiber wagte er sich zu rühren.

Nach vielleicht einer Stunde, während welcher er fortwährend in diese verworrene Dunkelheit gestarrt hatte, riß er sich auf, schleuderte die Decke von sich und schrie, was sein Hals hielt:

»Und ich soll in diese Narrenlumpen da kriechen, als ob nichts geschehen sei und wie ein Clown darin umherhüpfen? Ich, der Professor Weitfeld? — Das geschieht nicht! Bei meiner ewigen Seligkeit nicht!«

Mit einem gellenden Hohngelächter sank er wieder um, zog die Decke über sich und lag, gespannt ins Haus lauschend, wieder totenstill wie vorher.

Im oberen Stockwerk wurde eine Tür aufgerissen. Die Stimme der Frau Weitfeld rief überstürzt und ängstlich ein paar mal nach der alten Therese, ohne Antwort zu erhalten. Dann kam die Professorin fliegend die Treppe herabgelaufen, riß die Tür zu Weitfelds Schlafzimmer auf und rief:

»Um Gottes willen, was...« mußte wohl die Unordnung in der Stube erblickt haben, brach den Ausruf ab, drückte sich hinaus, wartete einen Augenblick auf der Schwelle und kam dann zögernd wieder herein.

»Ja, sag' mal, ich hab' mich doch nicht getäuscht. Das war doch deine Stimme! Und hier, die Kleider? Was ist dir denn geschehen. Schnurr?« sagte sie mit einer leisen Überwindung in der Stimme, an der geschlossenen Tür stehen bleibend, deren Drücker sie in den Händen behielt.

Weitfeld saß jetzt aufrecht im Bett, ließ die nackten, sehr mageren, sehr behaarten Beine heraushängen und sah aufmerksam an ihnen hinab, ohne zu antworten.

»Ich bin einer Idiosynkrasie unterlegen,« sagte er endlich mit seiner alten Sanftmut. »Verzeihe, daß ich dich erschreckt habe.«

Dann hob er den Kopf und sah nach ihr hin.

»Du bist schon wieder im Malkittel,« sagte er darauf mit einer kaum merklichen Trauer. »Hmm. Hm. Ja, was man liebt, dem kann man nur durch Fleiß gerecht werden.«

Darnach senkte er seinen Blick wieder auf die nackten Beine und wartete auf eine Entgegnung Manjas.

Aber Frau Weitfeld war zu verblüfft, nach dem wilden Geschrei einen vollkommen ruhigen Menschen inmitten der Auflösung seiner über alles geliebten Ordnung in einer Art reden zu hören, als sitze er nicht im Hemd auf dem Bett, sondern tadellos angezogen am Tisch und gebe sich dem gesammelten Bestreben nach einer bedeutsamen Konversation hin.

Deswegen schwieg sie ratlos, ließ die Hand vom Drücker sinken und trat einen fast unhörbaren Schritt tiefer in das Zimmer.

Weitfeld saß immer noch gebeugt auf dem Bettrand, hielt aber nun die Augen geschlossen und wartete auf eine Entgegnung seiner Frau.

Als Manja mit keinem Laut sich um die Weiterführung seiner Absicht bemühte, öffnete er die Lider einen Spalt, tat einen halben, verstohlenen Blick nach ihr hin und deutete ihren lautlosen Schritt in die Stube als Geneigtheit, das Gespräch weiter fortzuführen.

Deswegen strich er mit beiden Händen an den blondbehaarten Unterschenkeln seiner Beine hinab und sagte:

»Da das Gift, das Sokrates getrunken hatte, zu wirken anfing, begannen seine Beine zu erkalten. Er aber ermahnte seine Freunde, für ihn dem Gott einen Hahn zu opfern.«

Er sprach ganz ruhig, mehr zu sich und lächelte, dabei gedankenvoll mit dem Kopfe nickend. Dann sah er seine Frau groß an.

Sie war blaß geworden und starrte entsetzt auf ihn. Doch nur einen Augenblick dauerte ihre Schrecklähmung. Dann stürzte sie auf ihren Mann zu, rüttelte ihn an den Schultern und schrie in höchster Furcht:

»Mann, um Gottes willen, was ist dir denn? Was hat's? Was soll das bedeuten?«

Weitfeld sah sie, immer lächelnd, ruhig an und sprach: »Rege dich nicht auf, Manja. Geh und schließ die Türen. Wir müssen miteinander reden. Das, was wir gestern begonnen haben, ist fortzusetzen. Beruhige dich. Ich bin nicht Sokrates und ich habe nicht Schierling getrunken. Denn sonst hätte ich nicht vorhin geschrien.«

Als Manja keine Anstalten traf, seiner Aufforderung nachzukommen, sondern ihn nur furchtsam, fast in einer Art Grauen, betrachtete, erhob sich der Professor, ging mit langen ruhigen Schritten an ihr vorbei, schloß die Türen, zog die Schlüssel ab, legte sie auf seinen Nachttisch und kehrte dann an seinen alten Platz auf dem Bettrand zurück.

»Du kannst jeden Augenblick die Schlüssel nehmen, aufschließen und davongehen. Ich habe es nur getan, damit wir vor Störungen sicher sind. Denn du kennst die Art der alten Therese, unangemeldet in jedes Zimmer zu treten. Ich bitte, Manja, setz dich dort auf den Stuhl. Sei unbesorgt. Ich habe kein Gift genommen, das heißt realiter nicht und bin vollkommen meiner Sinne mächtig,« sagte er in seiner gewohnten langsamen Güte. Und da Manja noch immer unschlüssig stand, wiederholte er etwas dringender:

»Ja, bitte, Manja.«

Bei diesen fast kategorisch gesprochenen Worten vollführte Weitfeld mit den nackten Füßen eine Gebärde, wodurch er sonst mit seinen Händen einem bedeutsamen Wunsch Nachdruck verlieh. Er kehrte die Fußsohlen gegeneinander und paßte die gespreizten Zehen genau aneinander. Und machte jene Gebärde an dem großen Gelehrten einen lustigen Eindruck, so wirkte sie, nun von den Füßen nachgeahmt, mehr als komisch. Weitfeld, auf dem Bettrand sitzend, sah nicht anders wie ein bejahrter Affe aus, der in der Einöde seines Käfigs an einem eingebildeten Baumstamm den Gestus des Kletterns übt. Kaum hatte seine Frau das wahrgenommen, als sie, plötzlich aller Beklemmung über das unbegreifliche Gebaren ihres Mannes ledig, in das übermütigste Gelächter ausbrach und rief:

»Das ist ja reinweg zum Piepen, Schnurr.«

Weitfeld hob sein gramvolles Gesicht und frug mit melancholischem Erstaunen, vorwurfsvoll und gedehnt:

»So, Manja, meinst du?«

»Natürlich,« antwortete sie, entledigte sich ihres Malkittels, warf ihn im großen Bogen zu Weitfelds Kleidern auf die Diele und schloß: »Gewiß, wenn du die Unterredung so willst, zieh ich meine Sachen auch aus und wir machen Adam und Eva.«

Damit trat sie ans Fenster, öffnete einen Flügel und ordnete sich ihre Frisur, um ihre Erregung zu meistern. Dem Professor fuhr als Entgegnung die Frage durch den Kopf: »Vor dem Sündenfall natürlich?« Aber er unterdrückte die Bosheit, stemmte die eingeknickte Rechte auf den Oberschenkel und wiederholte die alte Aufforderung: »Ich bitte, Manja, nimm Platz.«

Trotz des nachsichtigen Lächelns trug das Gesicht des Professors den Zug verzweifelten Grames wieder tiefer, und Manja war es abermals etwas unheimlich. So zog sie sich einen Stuhl ans Fenster und mit höhnischer Feierlichkeit darauf Platz nehmend, sagte sie spöttisch: »Gott, ich sitze ja schon. Ist's so recht, Herr Professor?«

Aber Weitfeld achtete schon nicht mehr auf seine Frau, faltete die Hände, legte sie auseinander, zog an den Fingern und hielt in angestrengtem Überlegen, auf welchem Wege er seiner Frau das beibringen solle, was zu sagen sei, den Kopf tief geneigt, daß seine Frau, trotz der Unsicherheit ihres Gemüts unwillig herausplatzend, rief:

»Das ist ja geradezu zum Blödsinn kriegen. Ich versteh alles nicht, warum du brüllst, die Kleider in der Stube umherstreust und halbnackt auf dem Bettrand wie ein Fakir sitzt. Das ist ja richtig zum Wiehern. — Du. — Weitfeld!! — Um Gottes willen, warum hast du denn gestern abend Hut, Stock und Überzieher auf die Schwelle zum Speisezimmer gelegt?«

Weitfeld unterbrach das Überlegen und fragte in ruhigem, fast sachlichem Erstaunen:

»Ja, hab' ich das?«

»Nicht bloß das. Stiefel und Strümpfe lagen auch auf der Treppe und zwar wie! So als seien sie dir im wilden Preschen von den Füßen gefallen, auf den untersten Stufen ein Stiefel, ein paar Stufen weiter ein Strumpf und so auf dem zweiten Podest...«

Weitfeld ließ sie nicht ausreden und sagte mit gramgefurchtem Gesicht und hohler Stimme:

»Jaja, Manja, ich glaub's. Alles glaub' ich. Es ist auch gar nicht anders denkbar.«

»Aber Mann! Ich wenigstens begreif das nicht!«

Frau Weitfeld lehnte sich auf dem Stuhle zurück und bedeckte sich bei diesem schmerzvollen Ausruf die Augen mit der Hand.

»Nein, das kannst du nicht. Deswegen habe ich dich auch zu mir gebeten. Das hängt — ich meine alles, was du geschildert hast — das hängt sicher mit dem Traum zusammen, in dem ich diese ganze Nacht gelegen habe.

Ich will mich bemühen, ihn dir zu erzählen.

Habe, bitte, Nachsicht mit mir.

Also, ich will sehen, ob ich ihn wieder zusammenbringen kann. Ich befand mich in einem unabsehbar langen Eisenbahnzuge, der durch die mondhelle Nacht fuhr. Bei vollem Bewußtsein hockte ich zusammengeringelt, steif, durchfröstelt, in dumpfer Beklemmung, aber zugleich tief schlafend, in einem Abteil dritter Klasse. Um mich herum lagen viele andere Männer in derselben schwermütigen Daseinslethargie des Schlafes; aber sie waren nicht zu erkennen.

Ich saß in meinem eigenen Schlaf wie in einem Glashaus, bemerkte alles an mir, in mir und in meiner Umgebung, war aber vollkommen gebunden.«

»Merkwürdig,« sagte Frau Weitfeld.

»Ja, es wird noch merkwürdiger,« stimmte der Professor mit einem Kopfnicken zu. »Dann und wann hörte ich einen der vielen Mitreisenden aus seinem Traum heraus stöhnen, einen andern inbrünstig rufen. Diesen unverständlich lallen, jenen lachen und dann einen gequält aufschreien.

Dabei stampften die Räder in immergleichem Takt. Aus der Art der Geräusche konnte ich mir ein ungefähres Bild von der Beschaffenheit der Landschaft machen, durch die wir fuhren. Jetzt verlor sich das Brausen des Zuges leise in den Weiten einer großen Ebene, nun lärmte es tosend von Steinwänden zurück, nun verdunkelten es nahe Wälder zu einem gleichförmigen Gesang von Urweltsbässen, etwa wie wir es einst in der Alpensymphonie von Richard Strauß gehört haben. Weißt du, Manja, an jenem Abend in der Philharmonie?«

»Ich erinnere mich. Aber wie war's weiter.«

»Nein, ich meine jene Aufführung, wegen der ich damals mit Assessor Körten...«

»Haha, jaja. Ich weiß schon. Also. Es war wie ein gleichförmiger Gesang von Urweltsbässen. Ungeheuer interessant.«

»Nein, verstehe wohl, Manja. Ich denke an die Aufführung die Nickisch dirigierte und von der dieser Assessor...«

»Aber natürlich. Ich weiß ja schon. Also, bitte, weiter. Wie von Urweltsbässen. Leiser, monotoner Gesang. Aus vollbelaubten, riesigen Kronen. Ich versteh.«

Weitfeld saß gereckt da und sah auf seine Hände, die blaß auf den Oberschenkeln lagen, ausgestreckt, welk und zergrübelt. Sein Erzählen stockte und er rührte sich nicht.

Als er dann mit einem Ruck den Kopf hob und Manja mit scharfem Blick fixierte, war die Farbe ihres Gesichtes um einen Ton blasser geworden und die Lider ihrer Augen hatten sich gesenkt, daß die blauen Sterne von den langen, weißblonden Wimpern verdeckt wurden.

»Siehst du, Manja, so war's,« sagte er leise, mit gequälter Befriedigung in der Stimme. »Aber ich fahre in meiner Erzählung fort. Und dann klirrte die Fahrt auf eisernen Brücken schrill auf, knallte manchmal wie ein Kanonenschuß und ging dann wieder in ewig leeres Werkelgeräusch über. Wie das ja im Leben auch geschieht. Denn Träume spiegeln unser Dasein. Und mein Traum liegt wohl auch im Schatten meines Lebens. —

Ich fuhr und fuhr und hatte die Empfindung, das daure schon Wochen, Monate und Jahre. Der Zug war endlos. Ein ganzes Volk lag schlafend in ihm verladen und wurde ins Ungewisse gefahren. In eine andere Welt. Über die Grenzen des Daseins hinaus.«

Er unterbrach sich. Denn seine Frau saß, mit einer Falte in der Stirn, geneigten Hauptes und sah auf ihre verschränkten Hände, offenbar mit ihren Gedanken wo anders.

»Manja,« sagte Weitfeld. »Ich erzähle meinen Traum.«

»Ja, ja. Ich höre zu. Sprich nur weiter,« antwortete sie mit leisem Aufschrecken, hob den Kopf und sah ihn mit spöttischem Lächeln an.

»Weißt du,« sprach Weitfeld weiter, »und wie ich so die ganze Fahrt erlebte, wach und schlafend zugleich, auf der harten Bank zusammengeringelt, fröstelnd, erkannte ich blitzartig, daß ich und wir alle in dem Zuge ins Chaos gefahren wurden. Und meine Beklemmung wuchs ins Unerträgliche.

Endlich hielt ich es nicht mehr aus, sprang auf und bahnte mir einen Weg zum Fenster, über Rücken und Beine Schlafender und die Köpfe und Achseln Zusammengekrümmter schreitend.

Dies mein Abschütteln der Lethargie, mein Auffahren aus einer alles verschlingenden Dumpfheit hatte sich wie ein Lauffeuer der Seele aller Insassen des endlosen Zuges bemächtigt. Soweit ich hören konnte, entstand in allen Wagen ein Getöse erwachender Menschen. Jeder wollte zuerst am Fenster sein. In stummem, verbissenem Drängen knäulte sich alles zusammen.

Da — unvermutet brach in meinem Wagen ein erzenes Rasseln los, und nicht bloß die Fenster, nach denen sich alles hinschob, gingen herunter, sondern die ganze Wagenwand klappte mit einem so plötzlichem Ruck nach außen auf, daß die nach ihr drängenden Männer sich nicht mehr halten konnten, sondern langsam hinausfielen. Durch irgendein unseliges Gesetz des unseligen Zuges, dem durch nichts zu entrinnen war, gerieten die Abgestürzten unter die Räder, die sich mit fast perverser Wollust in die Menschenkörper einwühlten, da ein Bein, einen Arm, einen Kopf abtrennten, Leiber aufrissen, Körper mitten durchschnitten, kurz alle Art nur erdenklicher Verstümmelungen an den Menschen vornahmen.

Indessen war auch die gegenüberliegende Wagenwand aufgeklappt, und während sich das Abteil in dieser gräßlichen Weise auf der einen Seite leerte, stiegen auf der anderen Seite im vollen Fahren immer neue Reisende ein, die Augen geschlossen, das Gesicht blaß und still, hypnotisierte oder kataleptische Männer gingen unaufhaltsamen, ergebenen Schrittes an mir vorüber und fielen wie die anderen unter die gefräßigen Räder.

Wie in unserm Abteil, so geschah es in allen Kabinen des unendlich langen Zuges, und der Bahndamm, das Land neben ihm war besät mit blutenden, in Schmerzen zuckenden, todgeweihten Männern. Nein, die ganze Erde. Denn in allen Richtungen der Weite hörte man das Schnaufen und Stampfen fahrender Züge.

Ich hatte mich bisher unter Aufbietung aller Kräfte an einem vorspringenden Balken halten können. Endlich, von Grausen über so viel Furchtbarkeit überwältigt, wurde auch ich schwach. Doch ich hätte mich immerhin noch eine Weile halten können. Aber einen der von der anderen Seite eingestiegenen Männer, einen gemästeten, blonden, unangenehm aussehenden Kerl, verließ auf dem Wege zu seinem sicheren Unglück die Schlafsucht. Er riß seine Augen auf und mich erblicken, einen wilden Schrei des Hasses ausstoßen und sich auf mich werfen war eins. Von dem Prall verlor ich den Halt und in Wut verknäult, denn ich wehrte mich verzweifelt, fielen wir hinaus und kamen wie die andern alle auch unter die Räder.«

Der Professor hatte leiser und leiser gesprochen. Jetzt machte er, von der Erinnerung an die Situation seines Traumes überwältigt, eine Pause.

Und seine Frau sagte, stier auf die Diele vor sich hinsehend:

»Gräßlich ... pfui ... so was zu träumen!«

Als sie aber den Kopf hob und nach ihrem Manne hinschaute, ging ihr Schauer in Schreck über. Denn Weitfeld saß nicht mehr. Er stand, am ganzen Leibe wie vor Frost zitternd und sah sie mit grauweißem Gesicht und starren, jedoch flackernden Augen unverwandt und bohrend an.

Dabei wiederholte er fast tonlos ihre Worte:

»Gräßlich — nicht wahr, Manja! Pfui, so was zu träumen! Aber so was leben ... wie nennt sich wohl das? — He, Manja?«

Er machte den Eindruck eines Menschen, bei dem der Wahnsinn ausgebrochen ist und senkte, nachdem er die Frage beendet, ganz in der Art Irrer, die einen Anfall überstanden haben, den Kopf und schaute leer und schlaff auf seine nackten Füße. Frau Weitfeld erhob sich unhörbar und streckte die Hand nach den Schlüsseln auf dem Nachttischchen aus, um mit einem Sprung an ihm vorbei sich aus dem Zimmer zu retten.

Weitfeld hob das Auge und sagte kalt:

»Laß die Schlüssel liegen. — Ich rate es dir. — Wir sind noch nicht fertig.«

Und als sie noch immer stand, fügte er ebenso hinzu:

»Setz dich und höre weiter.«

Dann, ohne sich um die Ausführung seines Befehles zu kümmern, sank er zum Sitz auf sein Bett nieder und begann sich wieder seine Unterschenkel zu reiben. Dabei sagte er unter höhnischem Auflachen: »Der Traum ist nämlich noch nicht zu Ende. Mußt du wissen ... hahahaha...«

Dann, innehaltend, redete er gebückt und überstürzt aus eingeengter Brust mit halber Stimme, so, als sei er ganz allein im Zimmer:

»Durch Summierung der sichtbaren Verwicklungen ist immerhin eine geistig überschaubare, genaue Differenzierung der Vorginge zwecks Einsicht in die lebendigen Tatsachenverhältnisse möglich. Da sich aber die intellektuelle Synthesis nie mit der Synthesis des Lebens deckt, bleibt letzte Klarzeit ein schmerzvolles Spiel bloßer Annäherungen.«

Dann sprang er auf, rang die Hände und rief schmerzvoll bittend:

»Manja! ... Manja! ... Manja!! ...«

Frau Weitfeld brach in schluchzendes Weinen aus und bedeckte ihr Gesicht mit den Händen.

Der Professor sah ihre vollen, schönen Schultern beben und zwischen ihren Fingern quoll das goldgelbe Gelock der etwas in Unordnung geratenen Haare.

Auf den Zehen trat er zu ihr, zog mit schonender Gewalt ihre Hände vom Gesichte und sagte, sie in den seinen haltend:

»Ja, lieber Mensch, es geht um Tod und Leben mit uns.«

Und da sie nicht antwortete, sondern mit gesenktem Gesicht lautlos fortweinte, ließ er langsam ihre Hände wieder seinem Griff entgleiten und fuhr, den Inhalt der Erschütterung und seinen Traum weiterführend, ruhig zu sprechen fort: »Weißt du, ich fiel vom Wagen und mir wurden von den Rädern Arm und Bein und Kopf abgefahren. So daß nur der Rumpf übrigblieb. Aber ich konnte doch nicht sterben, genau so nicht wie die andern Menschen, die gleich mir von den Rädern zermalmt worden waren. Der Zug fuhr weiter und ließ uns Verstümmelte liegen. Wir aber, als alles still war im Lande, erhoben uns und wie wir, eine endlose Kette Zerfetzter, dagelegen hatten, so begannen wir, eine endlose, schauerliche Prozession, durchs Land zu pilgern, dabei, je weiter wir vorrückten, bemächtigte sich unserer eine große Inbrunst, und ehe noch einer wußte, was dies Gefühl in ihm zu bedeuten habe, sangen alle begeistert: ›Deutschland, Deutschland über alles.‹

Ich, der am Ende des blutigen Zuges mich auf geheimnisvolle Weise, ohne Arme und Beine, fortbewegte, sang am lautesten von allen, trotzdem ich doch keinen Kopf hatte. Aber aus meinen blutleeren Adern, aus meinem wunden Herzen, meinen Gedärmen brauste und sang es. Jede zuckende Fiber meines entstellten Rumpfes hatte eine schrille aber hymnische Stimme. Noch jetzt im Wachen ist es mir, als fühlte ich in meinem Leibe den rhythmischen Nachhall jenes Traumliedes zittern. Es war das Furchtbarste, was ich je gehört habe, und als ich mich umdrehe, bemerke ich, daß ich doch nicht der letzte des Zuges bin. Denn hinter mir kam der blonde, gemästete Kerl, der mich aus dem Wagen gestoßen, mit mir unter die Räder gefallen und doch vollkommen heil geblieben war. Das Maul aufgerissen, daß der impertinente, aufgewichste Schnurrbart zitterte, sang er, wie wir Krüppel alle: ›Deutschland, Deutschland über alles.‹ Er sang es bacchantisch, mit tanzendem Gange, und die Frau, die, inbrünstig von ihm umschlungen, an seiner Seite ging, jubelte ebenso und jedesmal, wenn die Blicke der beiden auf mich armseligen Rumpf fielen, der nur mit seinen blutleeren Adern und seinem halbtoten, ausgepumpten Herzen singen konnte, brachen sie in schallendes Gelächter aus.

Hahahaha! — Hahahaha … haha … und wie ich genauer hinsah, wer die Frau sei, die an der Seite Körtens — ja denke, der Kerl war niemand als der Assessor Körten … an der Seite Körtens geht, armverschlungen, eins miteinander, vollkommen eins, wer diese Frau sei — — — erkannte ich dich … — Manja! und erwachte vor Schrecken.«

Der Professor hatte leiser und immer leiser gesprochen und war von der Eindringlichkeit seiner Erzählung mit dem Oberkörper seiner Frau entgegengeschoben worden und nun, da er am Ende, wie nach einem langen Lauf bergan, schweratmend schwieg und vorgereckten Halses, mit blassem, zusammengezogenem Gesicht und weit geöffneten Bohraugen, wie mit allen Fibern seines Wesens auf sie eindrang, sah er wie ein aus tiefem Schlafe Aufgeschreckter aus, der in finsterer Nacht bis ins Herz getroffen, etwas Furchtbarem sich gegenübersieht, das er nicht erkennt. In der Stube war es drückend still wie nach einem Knall.

Frau Manja hatte mit dem leisen Schluchzen aufgehört und stierte, auch vorgebogenen Leibes, mit weiten Augen unverwandt auf einen Fleck der Diele.

Dann nickte sie lautlos diesem Geheimnisvollen zu, worauf sie geschaut hatte, erhob sich unnatürlich leise und trat mit zugefallenen Augen ans Fenster.

Sie stürzt sich hinaus, fuhr es Weitfeld, der lauernd alles beobachtet hatte, durch den Kopf und als sie eben wie mit abgeschlagenem Arme nach dem Fenstergriff langte, sprang der Professor hinter sie, drückte ihr den Arm nieder und sagte mit gütigem Vorwurf leise: »Manja! Nicht doch!«

Sie bebte am ganzen Leibe wie im Frost. Aber jetzt, da er sie berührte, löste sich der Fieberbann ihrer Seele. Mit einem Schrei umschlang sie den Nacken des Professors und brach dann in fesselloses Schluchzen aus.

»Josef … Weitfeld … Mann, Mann … mein Gott … ach Gott. Weitfeld … mein guter, lieber Mann … das hab' ich ja gar nicht geahnt, daß du so leidest … daß du mich so liebst, so nach mir verlangst … Aber mein Gott, wie sollt' ich auch? — Das konnte ich doch nicht wissen … wenn du … ich bitte dich um alles in der Welt, glaub mir das eine … jetzt, jetzt, in diesem Augenblick weiß ich, daß mein Tiefstes nicht eine Sekunde dir untreu geworden ist … nie, nie … du goldener, bester, geliebter Schnurr … willst du es glauben? …«

So stotterte sie zusammenhanglos zwischen den Stößen des Weinens, bald in Verzweiflung, bald im Jubeln, fiel ihrem Mann um den Hals, ließ ihn los, ging mit ausgebreiteten Armen ein Stück in das Zimmer, setzte sich, sprang auf, kurz, überließ sich dem Gefühlswirbel einer Erlösten, die nach langer Dunkelhaft fessellos ins Licht schwärmt und eher die Farbe der Verrückung und krankhaften Überschwangs an sich trägt als den Schimmer glückhafter Verklärung.

Weitfeld hatte sein Weib beim ersten Losbruch sorgsam umfangen und sich bemüht, sie vom Fenster weg nach dem Stuhl hin zu führen.

Als aber das beglückte Weib wie ein Frühlingssturm über ihn geriet, ihn mit Küssen fast erstickte, fahren ließ, durch die Stube fegte und wieder an seinen Hals stürzte, erkannte er, für ihr Leben sei nichts zu fürchten, gab seine Bemühungen um sie auf und begann, seine Kleider zusammenzusuchen und sich anzuziehen. Er tat dies Geschäft gründlich, mit zusammengezogener, bitterer Aufmerksamkeit und hörte indes auf das Schwärmen, die Selbstanklagen, den Jubel und die Trauer Manjas, von der sie durch das Zimmer getrieben, hin und wieder auf den Stuhl gedrückt und dann wieder an seine Brust geführt wurde.

Alles, was sich seit Jahren geheim in ihrem Herzen angehäuft hatte, wurde von der Überflutung befreit und stürzte schäumend und ungeordnet, gleich Stauwassern aus ihr:

»Siehst du, ich sage dir, wenn du nicht den Rappel gekriegt hättest, *stante pede* aus Berlin zu gehen, deine Professur, deine Laufbahn, deinen Ruhm, dein ganzes Leben im Stich zu lassen...«

Weitfeld, der eben seine Weste vom Boden aufzuheben im Begriff war, warf sie unwillig wieder auf die Diele und murmelte unwillig: »Ach was Gelehrtenlaufbahn und Ruhm. Einfach lächerlich...«

»Na aber, Schnurr...Es ist ja wunderbar, daß dir alles vor der einen Tatsache der gekränkten Liebe belanglos vorkommt...wunderbar, ich bin glücklich...Josef, Josef, Gott, mein Seppi...«

Manja glühte, umschlang den Mann wieder mit ihren Armen, schmiegte sich wie eine saugende, lodernde Flamme in ihn, daß in dem langen, mageren, zergrübelten Mann das Feuerpulsen endlich auch erwachte. Er biß wohl in Gegenwehr die Zähne aufeinander; aber das Weib spürte, wie sie von seinen Armen immer brünstiger und immer tragender umfangen wurde, und süchtig lispelte sie:

»...du Seppi...mein einzig geliebter Mann...glaube mir, nicht das mindeste ist zwischen mir und dem Körten vorgekommen...Seppi...Seppi..., weißt du, weil du dich doch gar nicht um mich gekümmert hast, hab' ich ihm die Bilder geschickt, wir haben Briefe gewechselt und alles offen mit Vermittlung der Griepenstein, alles dick aufgetragen, um dich zu reizen, zu verwunden, zu stacheln. Aber du schläfst ruhig drüben, ich hüben, läßt deinen Ruhm vermodern, meditierst, machst Schimmelhokuspokus, bist wie ein hölzerner Götze...ich war verzweifelt, Seppi...ich wußte nicht...Gott, Gott sei Dank, Schnurr...Seppi, nimm mich! —«

Auf dem Wege zum Bett, sagte die Frau all das furios, wie unter einem heißen Gebläse, ihrer selbst nicht mehr mächtig nach der jahrelangen Entbehrung jeder Zärtlichkeit.

Des Professors Atem ging stoßweise und er mußte schon gewaltsame Schlingbewegungen machen.

»...Sei nur still, Manja...beruhige dich...« flüsterte er mit der borkigen Stimme von Männern, die im Begriff stehen, vom Feuer des Geschlechts versengt zu werden. Das Farbenspiel begann auch schon vor seinen Augen, die zum Schlaf der Ekstase sich schlossen. Lichträder tanzten, rote Pfeile züngelten durch Schwarz.

Allein plötzlich stürzte er mit dem Flugzeug seiner Erotik aus der lodernden Luft, denn im Schwarm der Farbenjagd stand plötzlich sein Kreis mit dem eingezeichneten Fünf- und Dreieck in den Weltallsgrundfarben grün, blau und braun vor ihm. Er stand wie angenagelt in seinem Innersten und etwas, noch bitterer, wie Verachtung ging von ihm aus.

Da löste sich sein Griff von seinem heiß hinschmelzenden Weibe und mit übermenschlicher Anstrengung reckte er sich blaß vor der aufgeschreckten Frau auf, die ihn verstört ansah und schüttelte den Kopf.

Nach Fassung ringend, leise und demütig verschämt sagte er: »Nein, Manja, verzeih, das wollt' ich wahrhaftig nicht sagen.

Darum handelt es sich nicht bei mir. Nein. Wirklich. Verzeih'.

Bitte, gib mir die Hand.«

Damit führte er die aus allen Himmeln Gestürzte auf ihren Stuhl.

Dann trat er einige Schritte von ihr weg, wandte sich von ihr ab, senkte den Kopf, bedeckte seine Augen mit den Händen und verharrte eine lange Weile so, ohne sich zu rühren, in Versunkenheit und Schweigen. Als er sich endlich umwandte, saß seine Frau halb abgekehrt auf dem Stuhl und hatte den Kopf in die auf der Lehne gestützten Arme vergraben. Weitfeld glaubte, die höhere Schwungernüchterung, von der er erfaßt und widerstandslos ins Meditieren gezwungen worden war, habe sich telepathisch auf Manja übertragen und mit glückhafter, fast furchtsamer Schonung, sagte er:

»Manja — du ... ach so, du bist noch im Versinken. Verzeih!«

Und eilig und völlig geräuschlos vollendete er seine Toilette.

Doch seine Frau verharrte regungslos in der abgewandten Vergrabenheit.

Da strich er sich grübelnd ein paarmal mit zwei Fingern den Nasenrücken, hielt überlegend inne, warf einen langen, großäugigen, hypnotischen Blick auf sie, und als das nicht half, sie zu erwecken, fuhr er einigemal mit den Händen, vom Kopf angefangen, ihre Gestalt in der Luft nach.

Manja aber lag in der Nacht der bitteren, weiblichen Scham, in einer fressenden Lähmung, betäubt, und das Blut tobte durch ihre Schläfe.

Auf den Strümpfen näherte sich nun der Professor unentschlossen und unhörbar einige Schritte, hielt aber dann inne und begann leise zu sprechen, leise und schonend wie man zu Erwachenden zu sprechen pflegt:

»Siehst du, Manja, nun sind die Tore auch für dich aufgegangen, durch die es mich vor Jahren geführt hat. Es war schwer. Aber es ist gelungen. Gottlob. Bleib ruhig liegen. Ich kenne das. Alle tiefe Erkenntnis beginnt mit tiefer Betäubung.

Laß mich dem Aufblühen deiner Seele helfen. Aber zwinge dich nicht, zu hören. Sobald es dich indigniert, darfst du mir nur ein stummes Zeichen geben und ich schweige und ziehe mich zurück.«

Er wartete und betrachtete aufmerksam die Schultern und den Kopf seiner Frau, ob sich eine abwehrende Bewegung in ihnen rege.

Manja lag regungslos über die Stuhllehne gebeugt. Weitfeld setzte sich darum lautlos auf einen Stuhl etwas von ihr entfernt, betrachtete sie noch ein wenig auf das genaueste und nickte dann befriedigt.

»Ja, bleib so,« sagte er, »es ist immerhin eine entsprechende, produktive Haltung. Die Präponderanz des geistigen, des Gehörsinnes, wird dir dadurch erleichtert. Der Augenkreis verschwindet in der Horizontlosigkeit seelischer Apperzeption. Beziehungsweise ... aber das ist hier Nebensache. Also, um zunächst ein Mißverständnis wegzuräumen, muß gesagt werden, daß die Verstrickungen einer Meinung zu lösen sind, denen du tiefer verfallen scheinst, als ich selbst darunter diese Nacht im Traum und den gestrigen Nachmittag gelitten habe. Ich meine das Wahnfaktum meiner Eifersucht auf diesen Assessor Körten, dem du sein Andringen an dein Wesen durch eine Bereitwilligkeit erleichtert hast, welche von deiner Seite nur in der Rücksicht ihrer Reizwirkung auf mich gespielt worden ist.

Habe ich dich so recht verstanden?«

Der Professor sah einen Ruck durch den Körper seiner Frau gehen, so als wolle sie sich zu leidenschaftlicher Erwiderung erheben. Doch es blieb bei dem kurzen Aufbäumen. Im nächsten Augenblick lag sie noch regungsloser, mehr wie eine welke, ausgerissene Staude, und er sah nicht einmal mehr den Atem in ihrem Rücken beben.

Weitfeld faßte diese Gebärde seiner verzweifelten Frau als Bejahung seiner Frage auf und fuhr darum fort: »Gut. So liegt also die Sache. Nun gerät man aber immer in nicht lösbare Verwickelungen, wenn man eine Frage nach den rein subjektiven Bedingungen zu beantworten versucht. Denn das Individuum ist ebensosehr die Anarchie wie die Mechanik. Und wenn wir auf die Menschheit im ganzen sehen, so bemerken wir, daß die Verhältnisse auf Erden wohl stets die gleichen bleiben, wenn die Modalität ihrer Formen auch unendlich ist.

Die Art der Wesen verändert sich innerhalb der Epochen nicht. Die Gattungseigenschaften sind stabil. Sie kommen mit dem Wesen zur Welt, die darauf gar nicht stolz sein dürfen, denn das ist nicht ihr subjektives Eigentum. Ich weiß, daß ich damit in schroffem Gegensatz zur Evolutionslehre stehe. Aber das ficht mich nicht an. Ich habe sie durchschaut, als das ins Kosmische, Grandiose betriebene menschliche Utilitaritätsprinzip, das wir gewaltsam ins Weltall projizieren.

Trotz all dieser Redereien bleibt die Krähe eben die Krähe, wendet heut wie vor Jahrhunderttausenden den Kopf rechts und links, ruckt die Flügel, äugt schief, bald in den Himmel, bald auf das Düngerhäufchen, auf dem wir beide sie gestern beobachtet haben.

Es wäre Torheit, darum zu hadern.

Und auch die Menschen leben und sterben meistens in dem Käfig der Stände und Geschlechter, in die sie geboren werden. Die Lebendigen ziehen immer die abgelegten Kleider der Leichen an, und der Schneider Harun al Raschids und der Kaiser Wilhelms des Zweiten sind ein- und dieselbe Figur.

Aber, meine liebe Manja, diese Mechanik, die durch die Jahrtausende als eine öde, gerade, graue Flucht geht, sie begreift auch ebenso in sich das Verhältnis der Geschlechter zueinander, also das Verhältnis zwischen Mann und Weib.

Gemeinhin bezeichnet man diese Seite der kosmischen Mechanik, der die gemeinen Menschen unterliegen, als göttlich.

Doch alles Physische ist nur Emanation des Geistigen und Ausdruck seines inneren Formzustandes. Dieser kann wiederum nicht von sich her, sondern nur von der höheren Instanz, der Seele, geschätzt oder gewertet werden.

Damit sind wir in dem Reich der göttlichen Anarchie, in dem Gebiet des zweckfreien Wissens, jenseits aller irdischen Individualschranken. Wer in diese Weite eingegangen ist, befindet sich jenseits des mechanischen Zwanges aller Modalitäten, also auch der Modalität des Geschlechts und wird ihr nur ein Recht auf sich als einer geistigen Entsprechung einräumen, die wohl eine Form, doch nie das Ziel an sich ist.«

Weitfeld war unversehens in die heißen, unterirdischen Wogen untergetaucht, von denen sein Leben seit Jahren getragen wurde. Es hatte ihn von seinem Stuhl getrieben und, bald vor sich hin zu Boden starrend, bald seine Augen ins Grenzenlose hinaushebend, ging er mit seinem langen, tauchenden Schritt erregt auf engem Raume in der Stube auf und nieder.

Er war so mit seinen Ideen beschäftigt, daß er aufgehört hatte, den Eindruck seiner Worte auf Manja zu beobachten. Jetzt, von seinem leidenschaftlichen Hingang zurückkehrend, sah er sie nicht mehr in der Haltung tiefer Versunkenheit halbgewendet auf ihren Armen über die Stuhllehne liegen, sondern er fand sie in leidenschaftlicher Erregtheit, nein, in einer Art verbissener Starre, fast auf dem Rande des Stuhles aufrecht sitzen, die Füße wie zum Sprung fertig zurechtgerückt, die Hände so wild im Schoß gefaltet, als sei sie eine aus größter Höhe Fallende, die sich verzweifelt an einem Seil hält, und ebenso wild entschlossen war auch der Ausdruck ihres verfärbten, eingefallenen Gesichtes.

Weitfeld erblickte in dieser Haltung den Ausdruck ihrer Ergriffenheit über seine Aufschlüsse. Er hatte das oft bei seinen hingebendsten Zuhörern im Auditorium erlebt und es Erkenntnisbestürzung getauft. Wenn seinem Geist die Erschütterung des andern bis zu diesem Grade gelungen war, bedurfte es nur noch geringer Mühe, den Sieg einer neuen These vollkommen zu erreichen.

Er blieb also stehen, sah beglückt auf seine erschütterte Frau, hob triumphierend die Hand und rief:

»Ja ja, liebe Manja, so und nicht anders steht es vor den Augen des hohen Unbeirrten: Man muß sich für zu gut halten, daß der gemeine Geschlechtstrieb die paar uralten, brutalen Akkorde aus unserm Dasein herausschlägt.«

Auf diesen Ausbruch hin löste Manja die Verschlingung ihrer Hände, umfaßte wie in einer unnatürlich qualvollen Schmerzempfindung ihre Knie, hob das Gesicht und sah ihn vollkommen verstört an.

Dann bewegte sie das Haupt verneinend und hauchte ein paarmal: »Nein ... nein...«

»Ja, Manja,« rief Weitfeld beteuernd, »ja, sage ich dir. Wenn du willst, fühl! Überzeuge dich meinetwegen manuell. Auch der letzte Hauch ist aus meinem Sexus geschwunden.«

Mit einem Wehlaut ließ die Frau langsam den Oberkörper niedersinken und barg ihr Gesicht in ihren Händen.

»Furchtbar ... furchtbar...« murmelte sie dabei und schauerte zusammen.

»O nein, nicht furchtbar, nicht furchtbar,« rief der Professor förmlich ekstatisch, »herrlich, liebe Manja, herrlich, sage ich dir. Über allen stehen wir dadurch. Nun wirklich zwei, die den Ehrennamen *homo sapiens* in der Tat verdienen. Ich, sofern ich Mann bin, bin dir, insofern du

Weib bist, von nun an nichts mehr schuldig und umgekehrt. Mit dieser niederen, tierhaften Instanz sind wir endgültig fertig. Damit haben wir von nun an nichts mehr zu schaffen. Wir sind göttlich. Denn an die Seele und Gott reicht auch nicht ein Schimmer des Sexualnexus.«

Nach diesem erneuten Ausbruch hob Manja langsam und starr ihren Oberkörper. Ihr Gesicht war fremd und ruhig. Sie sah ihren Mann nicht an, sondern hielt den Blick an ihm vorbei, unverrückt auf die Ecke des Zimmers gerichtet.

»Und deine Gänge gestern nachmittag zu dem Dienstmann Käse und zu Malva Griepenstein?« fragte sie hart.

»Geb ich zu, eine letzte atavistische Anwandlung.«

»Und diese wilde Nacht mit dem wilden Traum und dein Schreien diesen Morgen?« fuhr sie unbeirrt weiter fort.

»Ja, was willst du denn damit? Über dieses Faktum sind wir doch längst hinaus, Manja! — In Goethes zweiter Schweizerreise kommt eine Darlegung von der Art vor, wie Maultiere schroffe Abhänge nehmen. Sie laufen schnell vor, dann bleiben sie plötzlich und zwar oft an den gefährlichsten Stellen ...«

Manja krümmte ihre Lippen in einem spöttischen Lächeln und unterbrach ihn:

»Schon gut. Und so bist du also auch aus Berlin neunzehnhundertfünfzehn nicht wegen mir fortgegangen. Das heißt nicht aus Eifersucht gegen Körten?«

»Nein, haha, weiß Gott, im letzten Grunde nicht wegen diesem oberflächlichen Doktor Nichts. Haha! Nein, ich hatte das Leben unter meiner Kollegenschaft, unter diesen Krämern der sogenannten Wissenschaft, satt.«

»Das sind jetzt drei Jahre her?« fragte sie immer härter und tonloser weiter.

»Ja, ganz recht, drei Jahre. Stimmt.« antwortete Weitfeld unsicher werdend. »Manja, ich bitte dich ...« Aber sie ließ ihn nicht vollenden.

»Zehn Jahre dauert unsere Ehe,« fuhr sie mit einem Frösteln in der Stimme fort, setzte wie verschmachtet einen Augenblick aus und vollendete dann gepeinigt: »Und drei Jahre getrennt. Drei *ganze — volle — lange* Jahre.«

Dabei erhob sie sich von dem Sitz, ohne ihre Augen von der Ecke des Zimmers abzukehren.

»Und das soll so weiter dauern Jahr um Jahr. Jahr um Jahr. Bis in den Tod.«

»Aber liebe Manja, so hör' doch schon,« rief Weitfeld dringend und doch auch von einer Furcht angerührt. »Nicht grau, nicht leer, nicht ereignislos. Nein, im Gegenteil. Siehst du es denn nicht ein? Die Gemeinschaft der Leiber ist nun überwunden. Die höchste, göttliche Form der Ehe beginnt nun. Nunmehr gilt es, auf der Basis der individuellen Vertiefung, unter Ausmerzung des zerebralen Micels aus dem Mutterboden der spirituellen Energie durch Differenzierung und Potenzierung unserer Persönlichkeit eine höhere, geistige Einheit zu erringen.«

Da verließ die tapfere, liebe Frau die Kraft. Sie begann zu taumeln, griff nach der Lehne und sank an dem Stuhl in die Knie, das Gesicht wieder in den Händen vergrabend.

Weitfeld verstand sie in seiner fanatischen Verblendung noch immer nicht.

»Jawohl, liebste Frau,« rief er schwärmerisch, »recht hast du. Zum Taumeln, zum Knien ist es. O, und unsere Kinder erst! Manja, was uns Ende und Höhe ist, das soll ihnen Tal sein. Sie sollen in ihren Höhen Gewandungen tragen, liebe, liebste Menschenfrau, von denen du und ich noch gar nichts ahnen. Dann wird kein Menschenhaß mehr sein auf Erden, kein Krieg, kein Fluch der Völkerfeindschaft ...«

Manja hatte zu schluchzen begonnen. Trotz ihrer Gegenwehr steigerte es sich. Mit den Händen, die zu Fäusten geballt waren, preßte sie das Taschentuch gegen den Mund. Aber das Weinen steigerte sich zum Krampf. Ihr Körper wurde von Stößen verzweifelten Schluchzens geschüttelt und schreiend stotterte sie: »Aber ...Mann ...Ma...a...nn ...so höre doch schon ...«

»Immer weine du. Liebste. Aus unserm Schmerz, aus unserm Ringen wird die neue Welt geboren,« rief er in wilder Verzückung. Dann trat er zu ihr, beugte sich und fragte: »Was hat es? Was sagst du? Ich versteh dich ja nicht.«

Da wurde die Frau mit einemmal totenstill. Die Welt war ein gläserner Sarg und man hörte wieder nichts als die Sommerfliegen ratlos an die Scheiben picken.

In diese Totenstille sprach die Frau, das Gesicht fest auf das Rohr des Stuhlsitzes gepreßt, leise und mit Schauern:

»Ich war schon einmal bei Körten und habe mich an ihn verloren. Mann! —Mann!!«

Weitfeld zog die Hand zurück, die er begütigend auf ihre Schulter gelegt hatte, trat einen Schritt von ihr weg und schaute einen Augenblick betroffen auf seine hohle Hand. Nur einen Augenblick dauerte dies Stutzen. Dann flog die alte Berauschtheit über ihn. Stürmisch trat er auf sie zu, faßte sie unter den Achseln, und im Bemühen, sie emporzurichten, redete er bestürzt auf sie ein:

»Aber laß doch das. Das gehört ja dem alten, abgelebten Leben an. Darüber gräm dich nicht. Das ist abgetan. Jetzt stürzt der Strom der Seele...«

Aber mit einem Aufschrei des Entsetzens riß sich die Frau von ihm los, versetzte ihm mit der Faust einen Stoß vor die Brust, daß er zurücktaumelte und schleuderte ihm den Ausruf ins Gesicht: »Pfui! Pfui!!«

Dann raffte sie jäh den Schlüssel vom Nachttischchen, stürmte durch die Tür und schlug sie hinter sich zu.

6

Trinker geraten bei übermäßigem Alkoholgenuß durch den Rausch in den zweiten Zustand der Nüchternheit, in eine grelle, fast hektische Überklarheit des Denkens, in einen Zustand, in dem von den Bewegungen ihrer Überlegung der letzte Schatten des Mitleids und der Parteinahme auch gegen sie selbst verschwindet.

So etwa erging es dem Professor Weitfeld in den ersten Augenblicken, als ihn seine Frau verlassen hatte und er sich, von dem Gipfel seiner höchsten Begeisterung gestürzt, allein im Zimmer sah.

Das ganze Haus war von dem Knall, mit dem Manja die Tür hinter sich zugeworfen hatte, wie von einem Schuß mitten ins Herz getroffen, plötzlich getötet worden, und er stand in dem atemlosen Schweigen einer Totenkammer, ohne zu begreifen, wie alles das gekommen und vorübergegangen war. Er hörte ihre Schritte die Treppe hinauffliegen, droben auf dem Flur stolpern, sich aufraffen, weiterhuschen und hinter einem abermaligen Türenknall, wie mit einer Explosion verschwinden.

Darauf betastete er mit der Hand die Mitte seiner Brust, wo ihn der Stoß seiner Frau getroffen hatte, nickte sich schwer und wie in einem Wissen zu und trug dann den Stuhl, an dem Manja weinend gekniet hatte, in die dunkelste Ecke der Stube. Das Taschentuch, das sie im Krampf des verzweifelten Schluchzens zerrissen auf den Boden hatte fallen lassen, rührte er nicht an. »Mag es als *corpus delicti* liegenbleiben. Denn wenn ich sie morgen auf ihre Exaltation aufmerksam mache, wird sie es wieder nicht Wort haben wollen. Und alles war wieder nichts, als ›seniler Einsamkeitskram von mir‹,« so sprach er leise vor sich hin, als er von dem Winkel seiner Stube in deren Mitte zurückkehrte und lächelte höhnisch, blassen Gesichtes und unendlich bitter. So übersah er sein großes Zimmer in einer Art hilfloser Überheblichkeit, als stehe er in einer Wüste mit unendlichem, verdämmerndem Horizont an allen Seiten.

Und bei all dieser bitteren, höhnischen, überheblichen Ruhe lag ihm ein wilder, furchtbarer, nein, ein bestialischer Schrei im Halse, gegen dessen Ausbruch er mit Anstrengung kämpfte, weil er sicher fühlte, daß er sich dann zunächst mit den Fäusten und Füßen auf die geschlossene Tür stürzen, sie einschlagen müsse und dann gezwungen sei, wie ein Wahnsinniger im Hause zu toben, auf die Straße zu laufen, das ganze Dorf in Aufruhr zu versetzen, »die ganze verfluchte, besudelte Welt geiler Menschenhunde zu vernichten — zu vernichten — vernichten...«

Ohne es zu wissen, waren seine Gedanken zu lauten Worten geworden, deren Nachhall er jetzt, jäh aufschreckend, nicht anders als falle er eine Strecke durch die Luft, in der Stube nachklingen hörte, und sich selbst fand er wie im Kochen atmend, mit geballten Händen auf die Tür starren.

Er schüttelte mit mißbilligendem Lächeln den Kopf über seine »innere Fessellosigkeit« und fuhr sich mit der Rechten von der Stirn her über das Gesicht, um die Verzerrung eines bösen Krampfes wegzuwischen.

»Es ist ja lächerlich,« sagte er dabei in plötzlich ausbrechender Lustigkeit, »totaler Unsinn, mich so aufzuregen.«

Aber da gewahrte er den Malkittel seiner Frau auf der Diele und mit eins brach die Wildheit wieder los:

»Dieser verfluchte, verfluchte Malkittel liegt auch noch da und sie weiß es doch, daß mich die Unordnung rasend machen kann.«

Weitfeld stürzte sich auf das Kleidungsstück, hob es auf, warf es gegen die Diele, daß die Knöpfe klirrten, stieß es mit den Füßen vor sich hin und schrie fortwährend: »So eine Schweinerei! So eine verfluchte Schweinerei dulde, dulde ...dulde ich ...un ...ter ...kei ...nen ...Umstän ...den...«

Über das ganze Zimmer schubste er mit den Füßen den Malkittel Manjas, bis er ihn unter sein Bett geschleudert hatte.

Er taumelte vor Zorn, daß er sich mit der Hand auf das Nachttischchen stützen mußte.

Dann streckte er seine Hand aus, betrachtete lange aufmerksam ihre innere Fläche und murmelte, sich mit aller Macht zu seiner alten Sanftmut zwingend, leise, fast weinerlich gütig:

»Das ... das geht doch nicht ... Weitfeld ... nein ... nein...«

Er mußte aber den unbestimmten Gedanken der Beruhigung, zu dem er herfinden wollte, unterbrechen, denn er hörte draußen auf dem Flur vorsichtige Männerschritte sich seiner Tür nähern, sah an sich hinunter, merkte, er sei noch in Strümpfen und horchte mit einer kleinen Beklemmung, ob es an die Tür klopfe. Dann wollte er auf den Zehen in sein Studierzimmer gehen und lautlos die Tür hinter sich zuziehen.

Aber das Klopfen unterblieb.

Nachdem er noch einen Augenblick gewartet und die Überzeugung gewonnen hatte, daß niemand draußen stehe, holte er sich seine Schuhe von der Schwelle herein, setzte sich auf den Stuhl am Bett, auf dem seine Kleider zu liegen pflegten und begann, sie sich gebückt anzuziehen, eine unpraktische Gewohnheit, die er aus seiner Knabenzeit behalten hatte. Das heißt, er stellte seine Schuhe nicht auf den Stuhl, sie zuzuschnüren, sondern besorgte auf viel mühseligere Weise das Geschäft, indem er, bis zum Boden gebeugt, eilig die Senkel durch die Ösen schlang, nachdem er die Schuhe an die Füße gezogen hatte. Als er die Arbeit am rechten Fuß zu Ende gebracht hatte, mußte er sich aus der gebückten Haltung aufrichten, denn er bekam einen Schwindelanfall. Ja, schon als er mit gerecktem Oberkörper und geschlossenen Augen eine Weile gesessen hatte, schwankte und huschte das ganze Zimmer noch immer um ihn.

»Das ist die ungewöhnliche Aufregung,« dachte der Professor, »der ganze Knäuel unaustragbarer Halbwahrheiten, in die ich nur geraten bin, weil ich mich wieder in diesen Relativitätsschwindel des Denkens eingelassen habe.«

Damit öffnete er abermals die Augen, um zu erkunden, ob sich die Kongestion verzogen habe.

Ja, das stimmte nun alles wieder. Das Muster der Tapete stand sicher auf dem graublauen Grunde. Keines der dunklen Pünktchen rührte sich mehr. Die Portiere vor der Tür in sein Studierzimmer hing wieder regungslos. Daneben, auf der Radierung von Aust, »Die Landecker Bielebrücke,« sah er scharf den heiligen Nepomuk auf der Mauereinfriedigung des Brückenweges thronen.

Aber als er so untersuchend mit den Blicken immer weiter nach links rückte und an die dunkle Ecke gekommen war, in die er vorhin den Stuhl Manjas gestellt hatte, mußte er wegsehen und wieder die Augen schließen.

Da saß ja ein Feldgrauer im Mantel auf dem Stuhl, die Beine auseinandergeworfen, mit herausfordernd gerecktem Oberkörper und die eingeknickte Rechte aufs Knie gestemmt.

»Eine Selbstsuggestion,« dachte Weitfeld und verharrte mit geschlossenen Augen eine Weile.

»Öffnen Sie die Augen, Herr Professor,« redete ihn eine Stimme an, deren höflicher Ton höhnisch-verächtlich klang.

Weitfeld zuckte jetzt erschreckt zusammen, erinnerte sich aber, gelesen zu haben, daß bei Wachsuggestionen auch Gehörstäuschungen vorkommen können, nahm die rechte Hand über die Augen, lehnte sich im Stuhle zurück und beschloß, in Ruhe den Anfall vorübergehen zu lassen.

Aber da begann die Stimme wieder zu sprechen:

»Herr Professor, Sie haben vorhin Ihre verehrte Frau, die es am längsten gewesen ist, auf die niedrigste, gemeinste Weise behandelt. Dazu besaßen Sie den traurigen Mut. Ja. Aber jetzt, da ich gekommen bin, um dafür Genugtuung von Ihnen zu fordern, bedecken Sie feig Ihre Augen und tun, als sei ich nur eine Erscheinung.«

Es war unverkennbar das überheblich schnurrende Organ des Assessors Körten, das er da hörte.

»Da hol doch alles der Teufel,« fuhr es wütend in Weitfeld in die Höh', so als sei die Stimme und das Bild nicht das Gespenst seines überreizten Wesens, sondern wirklich der verhaßte Liebhaber seiner Frau, der auf unbegreifliche Weise, da er sich die Schuhe von der Schwelle hereingelangt hatte, hinter ihm ins Zimmer geschlüpft war.

Der Professor spreizte ein wenig die Finger der Hand, mit der er seine Augen bedeckt hatte und lugte durch die Spalten, um zu sehen, ob die Gestalt noch immer auf dem Stuhle vorhanden sei.

Der Assessor saß in der gleichen Haltung, noch eher herausfordernder wie vorher, dort. »Es ist ja purer Blödsinn am hellichten Tage,« murmelte Weitfeld. »Ich habe schlecht geschlafen, dazu die aufregende Unterhaltung mit Manja und der leere Magen. Das ist alles.«

Damit erhob er sich, kehrte dem gefährlichen Winkel den Rücken, setzte den linken Fuß auf den Stuhl und begann, den anderen Schuh zuzuschnüren. Kaum hatte er damit begonnen, so fing der Assessor hinter ihm an, wieder auf ihn einzureden, aber nun mit so verletzendem Hohn, daß es Weitfeld schon nach den ersten Worten vor Zorn den Atem versetzte.

»Haha! Lächerlich! Sie wenden sich ab. So machen Sie, Herr, lieber innerlich kehrt. Lassen Sie diesen Schwindel der Internationalität, diesen Hokuspokus mit der Überpersönlichkeit des Menschen. Ziehen Sie richtige deutsche Stiebeln an die Füße und marschieren Sie los. So machen Sie sich selber und die ganze Nation lächerlich.

Was ist denn das für ein Saft für Säuglinge, den Sie da in dem Johnsbach zusammengebraut haben?

Zum Speien! — Und wegen dieses Lutschers gaben Sie Ihre Professur auf. Sie, die Hoffnung und der Stolz der deutschen Philologie, Sie, der Autor des epochalen, dreibändigen Werkes ›Das Tal der Sprachen‹.«

»Donner und Doria!« schrie Weitfeld in höchster Aufregung, schnellte in die Höh', packte den Stuhl mit beiden Händen an der Lehne und hieb ihn auf den Fußboden, daß es dröhnte. Dann schritt er langen Ganges auf die Tür seines Studierzimmers zu, ohne einen Blick nach dem Stuhl zu werfen, aber immerhin so wuchtig und verachtungsvoll, daß es nicht ohne Eindruck bleiben konnte, wenn ja das schlechterdings Unfaßbare dennoch Tatsache war, daß dieser Körten sich hinterrücks hereingeschlichen hatte und dort saß.

Der Professor riß die Portiere auseinander und verschwand in seinem Studierzimmer.

»So ein Unsinn! So eine Verrücktheit,« murmelte er fliegend, fast atemlos. »Und das muß mir passieren? Mir! In diesen Exkrementen muß ich wühlen! Ich?«

Er begann sofort mit fiebernder Eile um den Schreibtisch zu traben. »Weiß ich, daß alles aus ist. Soll sie auch haben. Mit Haut und Haaren soll er sie haben … mit Haut und Haaren. — Gott sei Dank, daß es so gekommen ist. Jawohl. Ich hab' einen Engel gehabt, sozusagen. Von gestern morgen ab. Von der Krähe ab. Gesegneter Vogel. Wahrhaftig! — Welche tiefe Symbolik, auf einem Düngerhäufchen saß sie. — Ja, wirklich prophetisch. — Moder ist nun alles, auf das ich gebaut habe. — … Moder … Unrat…«

Er setzte sich auf den Schreibtischstuhl und fuhr fort, nur die zwei letzten Worte zu sprechen. Die Ellenbogen auf die Armlehnen gestützt, den Kopf zur Erde gekehrt, prägte er sich den Zusammenbruch seiner Existenz ein, indem er immer langsamer und leiser nur die zwei Worte sprach. Ohne daß er wußte, was mit ihm geschah, liefen ihm die Tränen über die Wangen.

Dann versank er in stummes Brüten.

7

Das Starren mündete fast reißend, wie fallendes Wasser in einen Teich stürzt, in Schlaf. Auf den untergelegten Armen ruhend, den Mund wie in erstorbenem Schrei weit offen, die Hände vom Geifer der Müdigkeit übernäßt, so schlief er.

Das Mittagsgeläut weckte ihn nicht; das tobende Nachhausekommen seiner Kinder rührte nicht an ihn. Das Dienstmädchen klopfte. Erst kam der kleine Georg, pickte zaghaft und immer stärker an die Tür und rief sein: »Papa, essen kommen! Mama läßt sich entschuldigen. Sie hat Migräne, Papa!« Dann, als er keine Antwort bekam und sein Schwesterchen herzugeeilt war, wagten die Kinder sogar, die Tür einen Spalt zu öffnen und ihr Gesetzlein furchtsam hereinzuflüstern.

Als sie den Vater regungslos über den Tisch geworfen, wie tot schlafen sahen, rannten sie in wahnsinnigem Schreck zur alten Therese und meldeten, daß der Vater unten sitze und gestorben sei, denn er atme nicht wie ein Mensch, sondern bloß noch wie eine Maschine.

Therese, das alte, liebe Hausmöbel, trocknete sich die Hände an der Schürze, spedierte sie tapfer lächelnd ins Eßzimmer vor ihren Teller und stieg dann unter Kopfschütteln und bitterem Lächeln in das untere Stockwerk.

Ihr vorsichtiges Klopfen, behutsames Eintreten, alles half nichts. Der Professor lag wie mit abgeschlagenem Kopfe auf seinen Armen, der Mund stand wie im Schrei offen, der Geifer lief ihm von den Lippen und als die Alte endlich wagte, ihm lind die Hand auf die Schultern zu legen und zu flüstern: »Kommen Se och, Herr Professor. Oder legen Se sich wingste eis Bette,« erbleichte das Gesicht des Schlafenden noch mehr, verzerrte sich in verzweifeltem Gram, und ein leises Stöhnen, aber aus den letzten Tiefen der Brust, rang sich mit unverständlichen Worten vom Munde. Da merkte Therese wohl, daß hier ein Schicksal zurechtgerückt werde. Sie zog sich aufs tiefste bekümmert, behutsam zurück und schloß geräuschlos die Tür.

Weitfeld schlief weiter, Stunden um Stunden. Gegen vier Uhr nachmittags wurde sein Atem leichter. Der Ausdruck verzweifelten Grames verschwand von seinem Gesicht. Der Mund schloß sich.

Endlich richtete er sich auf, erblickte den Geifer auf seinen Händen, wischte ihn mit dem Taschentuch ab, sah sich in seinem Zimmer, wie in einem fremden Raume um, schüttelte den Kopf, legte sinnend die Fingerspitzen seiner beiden Hände aneinander und erhob sich dann mit einem zähen, wie schlaftrunkenen Ruck, trat in sein Schlafzimmer und sah nach dem Stuhl in der dunklen Ecke, wo der Assessor Körten vorhin gesessen hatte. Er war leer.

Schweigend schloß Weitfeld die Tür und trat zurück in sein Zimmer.

Ganz hoch im Unendlichen über sich hörte er etwas wie das schwache Brausen von Flügeln, die sich vorüberrissen, endlose Schwärme von Vögeln.

»Die Krähen. Immer die Krähen,« murmelte er leidvoll verwundert.

Dann setzte er sich an den Schreibtisch, nahm ein dickes, abgegriffenes Buch, das in rohes Leinen gebunden und oben und unten mit eben solchen Bändchen zugeknöpft war, entfaltete es und begann nach kurzem Überlegen folgendes einzutragen:

»Wir alle, die grau wurden im Grübeln, wissen endlich um die Relativität der letzten, logisch klar zu fassenden Gründe und können und dürfen es gleichwohl nicht lassen, uns von der Kausalität im Kreise treiben zu lassen. Denn solange Menschen leben, deren Herz nicht wie eine Kümmeldolde des Feldes von jedem Winde geplündert, sondern wie eine kostbare Glocke an verschwiegenem Ort nur von geläuterter Hand — von unserer, unserer reinsten Hand — zum Klingen gebracht werden kann, solange solch karge und reiche, solch sieghaft-zerstörte, zerstörende Menschen unter der Sonne leben, werden sie immer wie Sankt Augustinus am Ufer des Meeres gehen und mit Hartnäckigkeit versuchen, den Ozean des weltgeheimnisvollen Glückes mit der kleinen engen Hand ihrer Tage für diese Erde zu bewältigen.«

Dann strich er das letzte Wort aus und schrieb dafür das Wort »retten,« war auch damit nicht zufrieden, legte die Feder hin und murmelte dabei: »Nein, so geht's nicht!« und stützte einen Augenblick den Kopf in beide Hände.

Nach einigem Sinnen langte er abermals zur Feder, riß einen leidenschaftlichen Strich unter das eben Geschriebene und begann das Folgende in sein Tagebuch einzutragen:

»Alle Menschen haben wohl eine Ahnung, daß sie mit den andern auf eine tiefere, seelische Art als die von Handel und Geschäft, von Notdurft und Nutzen verbunden sind, geben es aber nur für den engen Kreis ihrer nahen Freunde und bei jenen Menschen zu, an die sie sich durch eine tiefe Leidenschaft der Liebe oder des Hasses gekettet fühlen. Auf welchen Kräften ihrer tiefsten Natur diese Allverbundenheit der Seelen beruht, das Eingehen auf diese Erkenntnis lehnen fast alle aus der sehr richtigen Empfindung ab, daß ihnen dann die Wahllosigkeit und Ungebundenheit des gewohnten Lebenswandels unmöglich gemacht würde. Und so begnügen sie sich damit, über wundersame Berückungen der Sinne, kuriose Träume und seltsame Anwandlungen des Gemütes angenehm oder schreckhaft zu erstaunen oder als gebildete Menschen sich eben mit Hamlet zu beruhigen. Aber auch tiefere, schwerere Naturen bemerken auf dieser Seite des Lebens nur selten die tausendfältigen Formen menschlicher Existenz, die so nach allen Richtungen geknüpft sind, daß sie auch dem großen, gelassenen Geiste das Gefühl der Unendlichkeit der irdischen Lebensgestalt beibringen.«

Weitfeld hatte immer langsamer und unwirscher geschrieben. Nun legte er die Feder weg und murmelte gelangweilt:

»Ach, wozu denn das jetzt noch?«

Dann schob er das Buch über den Tisch, legte sich auf die Arme und war nach einigen Sekunden wieder von dem totenähnlichen Schlaf befallen.

Gegen Abend erwachte er mit einem Auffahren wie stürmisch emporgerüttelt. Der Himmel war schwach gerötet, wie ein Auge, das zu lange ins grelle Licht gestarrt hatte.

Weitfeld sprang vom Stuhl, trat ans Fenster, warf einen jähen Blick hinaus, kehrte an den Tisch zurück, überlas das Geschriebene, lachte höhnisch, riß die Blätter aus dem Buch und stopfte sie sich mit den Worten in die Seitentasche: »Blech! Quatsch! Das ist vorbei. Ja, ja, *mein Körten*, nun marschieren wir.«

Darauf ging er ein paarmal durchs Zimmer. Das unentschiedene Tauchen war aus seinem Schritt vollkommen geschwunden. Er ging mit reißendem Federn und sein Gesicht hatte den Ausdruck, der fanatischen Asketen eigen ist. Mit einem Ruck unterbrach er plötzlich das Jagen vor der Tür zu seinem Schlafzimmer. »Schluß! Schluß!« rief er mit böser Entschiedenheit.

Dann nahm er aus dem Schreibtisch sämtliches Geld, steckte es zu sich und ging mit langen Schritten eilend ins Schlafzimmer, aus dem er nach kurzer Zeit in Wadenstrümpfen, im Sportanzug, den vollgepackten Rucksack über die Schultern heraustrat.

Auf dem oberen Flur traf er Therese, die gerade aus der Küche kam.

»Wo ist die gnädige Frau?« fragte er ruhig.

»Im Zimmer eingeschlossen,« antwortete sie zaghaft und erschreckt, wegen seines blassen Gesichts und seiner starren und doch flammenden Augen.

»Gut,« sagte er. »Geh ins Eßzimmer. Ich hab’ mit dir etwas zu reden. Die Kinder sollen auch dort sein. Aber sofort.«

Dann blieb er stehen und zeichnete mit dem Stock irgend etwas auf den Fußboden.

Therese rief die Kinder aus ihrem Zimmer und ging mit ihnen bestürzt ins Speisezimmer.

Als der Flur ruhig war, holte Weitfeld tief Atem, trat an die Tür zum Zimmer seiner Frau, klopfte stark und als drinnen gerufen wurde: »Wer ist da?« sagte er mit bebender Stimme: »Manja, mach’ auf.«

»Nein, niemals,« rief seine Frau jach, aber mit verquollener unförmlicher Stimme, »niemals! Du bist nicht mehr mein Mann. Du bist nur ein Zuhälter des Geistes, ein …ein…« Das andere ging in wehem Weinen unter, alles andere, das wie eine einzige lange Beschimpfung klang. Weitfeld biß sich auf die Lippen und sah zu Boden. Als es drinnen still geworden war, schaute er den Flur hin, neigte den Kopf nahe an die Tür und sagte: »Nun. Ich wollte dir auch nur melden, daß du für immer frei bist. Leb so wohl du kannst. Da du nicht mit mir gehst, muß ich ohne dich gehen. Leb wohl, Manja!«

Dann wartete er noch einen Augenblick.

Es blieb still im Zimmer und Weitfeld schritt langsam hinüber ins Speisezimmer.

Dort saßen die beiden Kinder furchtsam auf Stühlen und sahen ratlos und verscheucht auf ihren Vater, der nach dem Eintritt auf der Schwelle stehenblieb und sie lange mit seinen Augen umfing. Die Kinder senkten vor seinem Blick die Köpfe.

Als Weitfeld das bemerkte, nickte er in bitterem Sinnen und strich sich langsam mit der Hand über die Stirn.

»Ja,« sagte er dann wie aus langem, schwerem Traum erwachend. »Wißt ihr, Jörg und Sissi. Ich muß ins Gebirge. Ich bin überarbeitet und muß allein sein. Folgt der Mama recht gut und seid immer lieb. Vergeßt mich auch nicht ganz. Lebt wohl — einstweilen. Ich muß sehen, daß ich fortkomme. Ehe die Nacht einbricht, muß ich oben sein. Lebt wohl, lebt wohl, Kinder.« Damit umarmte er sie, als wolle er sie zerbrechen und küßte sie inbrünstig, die wie erstarrt alles mit sich geschehen ließen.

Als er von ihnen wegtrat, legten sie die Arme auf den Tisch und begannen leise zu weinen.

Weitfeld winkte Therese mit den Augen und sie folgte ihm auf den Flur.

Dort stand er und sah der Alten eine Weile überlegend, prüfend, vielleicht mit einem letzten Schwanken seines Entschlusses ins Gesicht.

»Weißt du, Therese,« sagte er dann leise und langsam, lachte aber plötzlich grell auf.

»Ach, was! Leb wohl und damit gut,« rief er übermütig, drückte ihr die Hand und sprang förmlich die Treppe hinunter, eilte durch den Garten und war bald verschwunden.

Als Therese aus ihrer Betäubung erwachte und wußte, was vorgegangen war, lief sie wohl die Treppe hinab, ihm nach und schrie förmlich: »Herr Professor! — Herr Professor!«

Aber der Garten war leer. Das Pförtchen stand auf und nichts, als nur die Spuren seiner Füße im Sande, war von ihm zu sehen.

8

Als der Professor schnellen Schrittes sich dem Rande des Dorfes genähert und nach Überschreitung der Chaussee das geneigte Wiesengelände betreten hatte, das sich schnell gegen die Vorberge hob, war es gerade jene höchste Zeit der abendlichen Schönheit, in der manchmal das gesamte Land zu Füßen des Riesengebirges nur noch von dessen Schimmer durchleuchtet, von dessen Verklärung wie unwirklich gemacht wird. Wie eine magische, überirdische Exaltation glühte es grell und glasig hinter einem rötlichen Duft, der gleichwohl nicht wie der Reflex der schon hinter dem Hochstein sinkenden Sonne, sondern wie der Atem des Bergzuges selbst wirkte, der einmal in seiner selbständigen Schönheit sich zeigte, während er sonst immer von der Gnade des Tagesgestirnes lebte.

Weitfeld blieb, als dieser Zauber der Höhe eintrat, auf dem schmalen Steige, den er unter die Füße genommen hatte, wie auf einen Anruf aus den Lüften stehen, stürzte sich mit inbrünstigem Schauen in diese tausendfarbige Phantasmagorie über sich, schwang mit einer fast jubelnden Wildheit seinen Stock über dem Kopfe und rief wie erlöst ganz laut: »Jawohl! Jawohl! Nun drauf und dran.«

Ein paar Holzfäller, die mit Knüppeln auf den Achseln einen benachbarten Steig aus dem Walde niederstiegen, sahen nach ihm hin, tauschten ein paar spöttische Bemerkungen und trennten sich dann, jeder einem anderen Holzhüttchen zustrebend, die unter einigen Obstbäumen versteckt lagen. Weitfeld achtete nicht auf sie, sondern setzte mit langen, gierigen Schritten seine Flucht fort. Er war bald in dem Walde über der Mathildenhöh verschwunden und trat kaum nach dreiviertel Stunden auf die kleine wiesige Hochfläche, in die, nach dem Hochgebirge zu, das Dörfchen Wiesenfeld sich verliert.

Ohne Rast überschritt er schon im Dämmern und dem blassen Geistern des aufgehenden Vollmondes den kleinen, waldumfriedeten Plan, betrat den Leiterweg und stürmte dann unaufhaltsam dem Kamme in der Gegend der großen Schneegruben zu.

Damit erlosch eigentlich die Spur, ich meine die sichere Spur dieses bedeutenden Gelehrten im Riesengebirge für lange Zeit. Mit seinem Eintritt in den Hochwald an diesem Abende verschwand er aber nicht von der Erde. Doch ist es nicht zu entwirren, durch wieviel innere und äußere Wandlungen, Dunkelheiten und Verzerrungen er bedrückt, verfinstert und entstellt wurde, bis zu dem Zeitpunkte, an dem er in der grellen Glut wilder, fesselloser Ereignisse öffentlich auftauchte und für Wochen die Aufmerksamkeit ganz Deutschlands auf sich zog. Aber es ist sicher nicht wahr und auf das Konto aller üblen, leidenschaftlich gehässigen Enthüllungen und böswilligen Aufschlüsse über das Wesen und die Lebensgewohnheiten Weitfelds zu setzen, womit die aller Mittel entblößte und verlassene Frau des Professors gleichsam überall zu Markte ging; es ist nicht wahr, daß er, kaum aus dem Hause getreten, sich unter einen Schwarm Arbeiter gemischt habe, die aus der nahen Papierfabrik kamen, um durch aufreizende Reden ihren ohnedies vorhandenen politischen Radikalismus noch zu erhitzen, ja sie geraden Weges zum tätigen Widerstande gegen die endlose Fortsetzung des sinnlosen Blutvergießens aufzustacheln. Die Arbeiterschaft dieses voll- und industriereichen Bergdorfes stand immer im Rufe verwegener Widersetzlichkeit. Tatsache ist es, daß in der Nacht dieses Tages, an dem die Flucht des Professors Weitfeld aus seinem Hause und seinem bisherigen Leben stattfand, es war ein Sonnabend gegen Ende des Monats August 1918, in der Nähe des Gasthauses »Zum blauen Helm« ein wildes Johlen, Schreien und Pfeifen entstand. Unter den Rufen: »Schlagt sie tot, die Kriegsgewinnler und Menschenschinder,« ergoß sich ein Haufen meist junger Arbeitsburschen in die Gassen vor die Häuser der Vornehmen und Reichen. Überall heulten die Trupps dieselbe Parole: »Nieder mit dem Krieg!« und begannen dann Fenster und Türen mit Steinen zu bombardieren. Der herbeigeeilte Gensdarm wurde verprügelt, man zerbrach ihm das Seitengewehr, entriß ihm den Revolver, ehe er schießen konnte, knallte johlend die Waffe leer, warf sie in den Zacken und spedierte unter Gelächter den armen Sicherheitsmann über die hohe Ufermauer und gerade an einer tiefen Stelle nach, daß er pudelnaß wieder heraushumpelte. Aber mit dem plumpsenden Aufschlagen seines Körpers auf den Wasserspiegel, schnitt

Geschrei und Aufruhr jäh ab und die Unruhstifter waren in der finstern Mitternacht wie vom Erdboden verschwunden.

Der gestäupte Gensdarm behauptete nun, die Anführer der Tumultanten seien zwei Soldaten des Grenzschutzes gewesen, Landstürmer bayrischer Nationalität, die wirklich an diesem Tage nicht in ihr Quartier zurückkehrten, sondern spurlos verschwanden.

Es waren dieselben Soldaten, die am selben Tage nach der Ablösung von ihrem Postengange auf dem Kamm etwas nach zehn Uhr nachts mit Geschrei und Kolbenstößen an die Tür in dem Gasthaus »Zur großen Linde« in Wiesenfeld Einlaß gefordert hatten. Der Besitzer des Anwesens war seit zwei Jahren in Rußland gefallen und der einzige Sohn stand vor Verdun in der kronprinzlichen Armee. So führte die Witwe mit ihrer einzigen Tochter und einer Magd allein die Wirtschaft. Als sie das Andringen der Männer hörten, das mehr einem Überfall von Räubern glich, kamen die drei fraulichen Wesen überein, noch einigen Widerstand zu leisten, zu versuchen, die Erregten in Güte zum Weitergehen zu bewegen und vor allem auszukundschaften, wer sie seien und was sie wollten.

Das pfiffige Dienstmädchen übernahm die Verhandlung mit den Männern und hatte es schon bald heraus, daß es die beiden biederen Bayern seien, die immer über den anderen Tag, bald auf dem Wege nach dem Kamm, bald auf der Rückkehr vom Dienst auf dem Gebirge auf ein Weilchen in die Linde einkehrten und ob ihrer raunzigen Gutmütigkeit und der ehrlichen Wut über das »sakrische verfluchte Saubier« allen ein spaßiges Vergnügen bereiteten. Kaum, daß die Dienstmagd erfahren, wer die beiden Räuber seien, als sie lachend ihnen die Tür öffnete, weil sie sicher war, die Erregten schon bald wieder in ihr altes knurriges Schmunzeln zu scherzen. Allein sie täuschte sich. Die Soldaten benahmen sich nicht etwa wie Trunkene, nein, eher wie Übergeschnappte, aufs höchste gereizte Irrsinnige und begannen sofort ein drohendes Kauderwelsch »von der Herrschaft des Menschen,« »dem Unsinn aller Gewalt und aller Könige,« »dem Fluch des Krieges« und noch vielem anderen, hieben mit den Seitengewehren auf den Tisch und verlangten sofort Wein und Essen, soviel im Hause sei, widrigenfalls sie »dös ganze Gerümpel« kurz und klein schlagen würden und wer Miene zum Widerstand mache, den schössen sie bei Gott sofort über den Haufen. Dabei fuchtelten sie bald mit den Faschinmessern, bald hantierten sie an den Flinten herum. Das Dienstmädchen mußte bald einsehen, daß mit ihrer Schlauheit nichts auszurichten sei und schleppte in der Angst alles herbei, was die Wütenden forderten. Aus der dunklen Ecke neben der Tür achtete sie indes auf ihr erregtes Gespräch, in dem immer und immer »die Korallensteine,« eine Felsgruppe auf dem halben Wege nach dem Kamm und ein langer, »geduldeter« Herr eine Rolle spielten. Es sei alle. Das Volk müsse das Heft in die Hand nehmen. Nicht eher, bis alles von der alten Ordnung zerschlagen sei, könne an das neue Reich der neuen Menschen gedacht werden, solche und ähnliche Reden führten die beiden, lachten zwischenhinein aus vollem Halse, tranken einander, sich gegenseitig anfeuernd, zu und stapften, ohne sich um das Mädchen und die Bezahlung zu kümmern, mit der Beteurung davon, schon heute mit dem Umschmeißen des ganzen Krempels zu beginnen. Unter der Tür kehrte sich einer um und schärfte dem Mädchen noch ein, niemand etwas von dem zu verraten, was hier geschehen sei, sonst kämen sie wieder und machten »die ganze Bagasche einen Kopf kürzer.« Im Garten schlugen sie ihre Gewehre an einem Baum kurz und klein und rannten dann den Berg hinab nach Johnsbach zu, daß die Steine des Weges ihren Schritten nachrollten.

Um die Mitte derselben Nacht brach der Tumult in Johnsbach aus und als der Amtsvorsteher dieses Ortes Kenntnis von dem Vorgange in dem »Gasthaus zur Linde« erhalten hatte, bildete sich bei ihm die Überzeugung, ein fremder Agitator unterwühle die Gesinnung der Grenzsoldaten und gleich darauf stieg der dringende Verdacht auf, dieser Unruhstifter sei niemand als der Professor Weitfeld, der seit langem sich so seltsam betragen, dem Konsul Griepenstein und anderen Personen gegenüber verfängliche und direkt umstürzlerische Ansichten geäußert und seine Frau verlassen habe. Durch ihre freiwilligen Aussagen über seine Ideen, die allem Hohn sprachen, was nicht nur den Deutschen, sondern jedem Menschen als heilig galt, wurde es vollends zur Gewißheit, daß es niemand als Weitfeld gewesen sei, der in der Nacht an den Korallensteinen die Grenzsoldaten zum öffentlichen Aufruhr und zur Fahnenflucht beredet habe.

Um das bis in die Tiefe mürbe Volk nicht noch mehr zu erschrecken und dem geheimen Lodern in so mancher Brust nicht zum Ausbruch zu verhelfen, vertuschte der Amtsvorsteher möglichst den nächtlichen Radau und stellte ihn als die kindische Lärmsucht knabenhafter Rüpel hin. Im stillen betrieb er das Vigilieren nach dem entwichenen Professor und veranlaßte den Kommandeur des Grenzschutzes zu einer verstärkten Streife nach dem mutmaßlichen Übeltäter den ganzen Kamm hin, von Schmiedeberg angefangen bis zur Senke hinter dem Reifträger. Aber man wurde seiner nicht habhaft, obwohl es sicher ist, daß sich Weitfeld noch in den folgenden Tagen auf dem Gebirge aufgehalten hat.

Denn der Wirt der Schneegrubenbaude hörte am Tage nach dem Johnsbacher Rummel gegen Morgen, aber noch in der Finsternis, stolpernde Schritte um das Gebäude, wie den Gang eines Übermüdeten, und war schon daran, aufzustehen, um den Verlaufenen hereinzuholen. Bald darauf fing es an zu reden, wie es ihm war, bald eine hohe, bald eine tiefe Männerstimme, bald näher, bald ferner, und dann löschte der stärker einsetzende Wind das Stimmengemurmel ganz aus.

Deshalb glaubte er, es handle sich um einen Trupp Schmuggler von Böhmen her, die fast jede Nacht auf Schleichwegen hier vorüberkamen und, einmal über die Grenze, zu kurzem Verschnaufen ihre hochgeladenen Hucken absetzten. So schlief er wieder beruhigt ein, wenn es auch nicht zum vollständigen, tiefen Traumversinken kam, sondern nur gleichsam ein Schlafschwirren war, das ihm das Hirn benebelte und allerhand halbe Bilder an ihm vorüberriß.

Im ersten Morgendämmern erwachte er wieder. Und als er den Kopf hob, empfand er es wie den Nachhall schwachen Klopfens in seinem Ohr. Er stieg aus dem Bett, zog sich die Hosen an, ging ans Fenster, um einen Blick nach dem Wetter zu tun und sah einen grämlichen Morgen frostige Nebelfetzen vorüberblasen. Deswegen warf er noch eine Jacke um und stieg dann, etwas unwirsch und schlafbenommen, vorsichtig über die Treppe hinunter.

Richtig, als er die Tür öffnete, wäre er fast auf eine Menschenhand getreten. Denn über die drei Stufen war ein Mann heraufgeworfen in der Haltung eines zu Tode Erschöpften, den seine Kräfte verlassen hatten, wohl als er mit letzter Anstrengung am Zugang zur Baude angekommen war und gerade die Hand nach dem Türgriff ausstrecken wollte. Er trug einen graugrünen Sportanzug, sein Kopf, von dem der kleine Filzhut abgeglitten war, ruhte auf dem vollgepackten Rucksack, und der Wettermantel war oberflächlich über den Körper gezogen worden. An den langen, weißen Händen und dem mageren, scharfgemeißelten Kopf, dem Schuhwerk und dem herabgefallenen Hornklemmer, der auf der taunassen Steinschwelle neben der dünnen etwas geknickten Nase lag, erkannte der Wirt, daß es sich um einen Mann der besseren Stände, vielleicht um einen Gelehrten, handelte.

»Heda!« rief er nun gedämpft, beugte sich und rüttelte den Fremden sanft an der Achsel. Der rührte sich nicht. Deswegen sagte der Wirt sein »Heda!« noch lauter, noch näher an den Ohren, rüttelte noch kräftiger an ihm und schrie fast: »Wo wollen Sie denn hin? Sie können doch nicht hier in der Kälte liegenbleiben. Was is Ihnen denn, heda! Da hören Sie doch. Sie! Sie sind ja auf der Schneegrubenbaude!« Da stieß der Mann ein langes, schmerzvolles Ächzen aus, richtete langsam seinen Oberkörper auf, schauerte zusammen, starrte abgewandten Gesichtes lange in den Nebel, der aus den Gruben brodelte und oben von dem Winde auseinandergerissen wurde, und kehrte dem Wirt dann ein so gramverwüstetes Gesicht zu, mit so in die Höhlen gestoßenen Augen, daß er nicht wie ein Schlaftrunkener, sondern eher wie ein Irrsinniger aussah. Und was er sagte, deutete der Wirt auch auf Verstandesverrückung.

Denn nachdem der Fremde den Gutmütigen eine Weile dringend, als müsse er sich mit den Blicken durch eine Dunstschicht arbeiten, angesehen hatte, brach er in ein höhnisches, grelles Lachen aus.

»Schämen Sie sich, Sie,« sprach er darauf mit zusammengezogenen Brauen, »schämen Sie sich, daß Sie ein Mensch sind! Da stehen Sie hier dick und feist und schlafen in warmen Betten und drunten in aller Welt sterben die Menschen in Blut. Rasen wie Bestien. Betrügen einander, machen die Städte zu Kehrichthaufen. Warum packen Sie nicht soviel Felsenstücke, wie Sie erraffen können und wälzen sie hinunter, werfen alles in Trümmer. Denn diese Welt muß untergehen. Diese Ordnung stammt aus der Hölle. Haben Sie den Mut zum letzten in Ihrer Brust, zur Anarchie des Himmels, den Sie in sich tragen...?«

Der Fremde sprach mehr in Konvulsionen, mit heiserer, ausgeschriener Stimme.

Langsam trat der Wirt von dem Unheimlichen weg ins Haus zurück und eilte die Treppe hinauf, um mit Hilfe seines Sohnes sich des offenbar Irren zu bemächtigen, damit er nicht etwa in seinem Wahn in den Grubenabgrund gerate.

Was er laufen konnte, sprang er über die zwei Treppen unters Dach, rüttelte den Burschen und schrie: »Auf Gustav! raus und zieh dich schnell an. Drunten vor der Tür liegt ein Wahnsinniger.« Aber es war ein schweres Stück Arbeit, den Schlafenden wach zu kriegen.

Und als die beiden endlich herunterkamen, waren die Stufen leer und trotz langen Suchens und Rufens fand man keine Spur des seltsamen, unheimlichen Fremden.

Da glaubten sie, er habe sich in die Schneegruben gestürzt.

Doch als in der vollkommenen Helle alles abgesucht wurde, entdeckte man auch hier nichts.

Der Wirt wurde von dem am andern Tage heraufgeeilten Kommandeur des Grenzschutzes vernommen, die Wachsamkeit der verstärkten Truppe erhöhte sich und nach einigen Tagen sahen zwei Soldaten, die auf dem Plan vor der Spindlerbaude standen, einen langen, hageren Mann durch die Latschen an der großen Sturmhaube ziellos hin- und hergehen. Sie riefen ihm zu, stehenzubleiben und einer riß sogar das Gewehr schußfertig an die Backe. Kaum aber, daß den Mann der Laut des Rufes getroffen hatte, duckte er sich und lief in langen Sätzen kreuz und quer durch das Knieholz, aber immer in der Richtung nach der österreichischen Grenze. Die Soldaten rannten ihm zwar unter Aufbietung aller ihrer Kräfte nach, den Berg hinauf. Als sie aber an die Stelle kamen, wo er sich unter den Latschen noch eben bewegt hatte, war rundum nichts zu sehen und zu hören. Nur ein Steinschmätzer stieg nicht weit davon mit seinem kurzen schrillen Triller in das urweltliche Kammschweigen hinauf und im Weißwassergrunde siedete es traumhaft aus dem Tannendunkeln wie leises Wellengeriesel. Zuletzt, eine Woche später, will ihn eine Touristin gesehen haben, deren Beobachtungen sich allerdings nur im Rahmen des Bildes bewegen konnten, das sich die Leute im Laufe der Tage von dem »wilden Professor« geschaffen hatten.

Sie kam im Abenddämmern aus dem Tale der Mummel von Harrachsdorf her an der Wossekerbaude vorüber und schritt tapfer zu, um noch vor dem Einfinstern in der alten Schlesischen Baude zu sein.

Als sie die Kammhöhe erreicht hatte, tat sie noch einen Blick nach dem Krkonosch zurück, der im Dunst des Abends wie ein riesenhaftes wiederkäuendes Tier auf einer rauchenden Wiese lag. Während sie so die Gegend übersah, aus der sie gekommen war, begann in der Richtung auf die sanfte Einsattelung nach dem Reifträger hin, eine Männerstimme »Deutschland, Deutschland über alles« zu singen. Der Gesang klang wie schneidender Spott, brach schon nach den beiden ersten Verszeilen ab und ging in ein grelles Hohngelächter über. Als sie den Kammweg hinschaute, gewahrte sie einen hohen schlanken Mann, der zwischen rüstigem Ausschreiten alle Augenblicke stehenblieb und die Knieholzstauden mit wütenden Stockschlägen bearbeitete, als wären es seine Feinde.

So mit Singen, gellem Lachen, Anhalten und Kämpfen trieb er es eine ganze Weile, bis er Hut, Stock und Rucksack von sich warf und erschöpft in die Latschen sank.

Die Frau wurde von Grauen und Mitleid ergriffen, und als gar aus der Gegend, wo er sich niedergelassen hatte, ein paarmal lautes Schluchzen und Aufstöhnen erklang, würgte es die Horchende in der Kehle und voll Furcht und Angst rannte sie ins Tal hinunter.

Das war das letztemal, daß der Professor Weitfeld auf dem Gebirge gesehen worden ist. Dann verschwand er aus jener Gegend und aus Schlesien.

Nach dem revolutionären Novemberzusammenbruch Deutschlands in demselben Jahre tauchte er in Berlin als Führer jenes linken Flügels der unabhängigen Sozialdemokratie auf, die im Fortschreiten der nationalen Auflösung zu Kommunisten wurden.

Es ist noch im Gedächtnis aller, die jene Ereignisse mit Aufmerksamkeit verfolgt haben, welche verderbliche Rolle er als Führer in den Berliner Kämpfen um den Schlesischen Bahnhof, in den Monaten der Blüte des Braunschweiger Kommunismus und während der blutigen Rätediktatur in München gespielt hat.

Sein fanatischer Idealismus war so rein und so verbrecherisch wie der Eisners und Landauers.

Er fand auch ein ähnliches Ende wie diese Männer. Bei dem Kampfe der roten Armee gegen die in München eingedrungenen Truppen der Reichswehr, die Weiße Garde, focht er an der Spitze der Kommunisten, die sich verzweifelt am Sendlinger Tor gegen die Übermacht wehrten. Dort hat er auch durch eine Kugel den Tod gefunden und ist in einem Massengrab verscharrt worden.